N°38 ROMANS POPULAIRES 20c

G. Saint-Germain

Les Âmes Fortes

C. NAVETTO 1913

5 RUE . BAYARD . PARIS

COLLECTION DES ROMANS POPULAIRES

Les Ames Fortes

PAR

G. SAINT-GERMAIN

PARIS, 5, rue Bayard, PARIS

LES AMES FORTES

I

Le comte de Précourt venait d'être inhumé dans le caveau de famille, au cimetière du village.

Foudroyé par l'apoplexie, il laissait trois filles non mariées, dont l'aînée avait vingt-quatre ans et la plus jeune quinze à peine.

La comtesse était morte trois ans auparavant. A la douleur immense causée au châtelain par la perte d'une compagne aimée étaient venus s'ajouter les lourds soucis d'une situation pécuniaire fort embarrassée, que le comte mettait tous ses soins à dissimuler, comme il usait toutes ses forces à l'améliorer.

Malgré sa vive tendresse pour ses filles, il ne pouvait plus, en ces dernières années, leur consacrer que de rares instants de loisir, au milieu des tracas de ses affaires financières. Ainsi avait-il sacrifié tour à tour, et non sans déchirement, ses plus chères habitudes et ses plus douces obligations de père de famille. Confiné dans une retraite absolue, il ne recevait plus personne, ni parents ni amis, la nécessité l'ayant contraint à réduire considérablement son train de maison.

Mais toujours l'espoir d'une revanche sur la mauvaise fortune le soutenait dans la lutte. Malheureusement, une déception plus cruelle lui enleva sa dernière espérance, et ce coup le frappa à mort.

Toute la parenté des orphelines se composait de cousins disséminés aux quatre coins de la France et à peu près inconnus d'elles. D'anciennes relations, quelques voisins, apprirent la catastrophe finale avec une émotion sincère. Le douloureux événement leur faisait une obligation d'accourir à Précourt, d'apporter à la mémoire du comte un dernier témoignage d'estime et à ses enfants un tribut de sympathie apitoyée. Mais là s'arrêtait leur devoir.

Et le vide s'était fait ensuite autour des jeunes châtelaines.

Dès le lendemain du jour des funérailles, le notaire du comte, Me Aubin, se présenta au château et se fit annoncer à Servane de Précourt, l'aînée des trois jeunes filles.

Très pâle, dans sa robe de deuil d'une extrême simplicité, Servane parut dans le petit salon devenu l'unique pièce de réception de ce château, où ne venaient plus que de rares visiteurs, presque tous des hommes d'affaires.

Par les fentes des volets mi-clos, l'ardente lumière d'une belle journée d'août pénétrait dans la pièce aux boiseries blanches dont les panneaux encadrés de fines moulures s'agrémentaient de guirlandes sculptées, discrètement rehaussées de filets d'or mat. Les dorures des cadres et des hautes glaces qui se faisaient vis-à-vis, les coloris des vieilles tapisseries, les teintes claires des tentures de soie et des fleurs de l'épais tapis s'harmonisaient délicieusement dans le demi-jour blond.

Au milieu de ce cadre charmant où s'affirmait plus encore que la richesse un goût délicat et sûr, ressortait merveilleusement la beauté de cette jeune fille en deuil. Et son attitude, ses regards, sa voix altérée, qui trahissaient la peine profonde de son cœur, y ajoutaient une grâce touchante. Le notaire, ami fidèle de la famille de son noble client, n'osait plus aborder l'entretien pour lequel il était venu. En ces tristes circonstances, il avait été l'appui, le conseiller des orphelines ; par ses soins tout s'était réglé : formalités, obsèques, obligations de toutes sortes, sans que les jeunes filles, inexpérimentées, aient eu besoin d'intervenir directement. Depuis, il s'était employé avec un zèle qu'inspirait son amitié sincère et désintéressée à débrouiller de son mieux les affaires de la succession.

Mais comment apprendre à ces pauvres enfants leur ruine complète, irrémédiable ? En présence de cette jeune fille, dont la vie déjà attristée par des deuils cruels allait devenir plus difficile encore au milieu des angoisses de la pauvreté, Me Aubin sentait le courage lui manquer.

A peine entendait-il comme lointaines les paroles de Servane qui exprimait une fois de plus à son vieil ami sa reconnaissance de tant de preuves d'attachement et de fidélité. Comme il demeurait silencieux, hésitant, la porte du salon s'ouvrit doucement : Madeleine et Sabine de Précourt parurent sur le seuil.

Madeleine, de quatre ans plus jeune que Servane, ressemblait à sa sœur aînée. Grande et de taille élégante, elle avait les mêmes yeux bruns à la flamme d'intelligence et de douceur, les mêmes traits aux lignes pures, et, dans son attitude et ses gestes, la même grâce harmonieuse, avec un peu moins de gravité.

Sabine, toute petite et mince, blonde et fraîche, à peine pâlie par plusieurs nuits de veille et de larmes, paraissait encore une enfant. Dans ses yeux bleus se reflétaient toutes les impressions de son âme ingénue et tendre, toute fleurie des illusions de la première jeunesse. A cette heure de tristesse, dans la sévérité de sa robe noire, et malgré le chagrin qui oppressait son cœur, il se dégageait de sa frêle et gracieuse personne comme un parfum de printemps ; on devinait en son âme la joie de vivre, la foi invincible en l'avenir.

Le notaire répondait au salut affectueux des jeunes filles, et, tout d'un coup, par un violent effort, il se décidait à exposer le grave motif de sa visite.

Il commença d'une voix assourdie :

— Mademoiselle Servane, et vous aussi, Mesdemoiselles, pardonnez-moi de venir si tôt troubler votre douleur et vous parler d'affaires. Il faut, croyez-le, une impérieuse nécessité pour que, dès aujourd'hui, sur la tombe à peine fermée de votre bien-aimé père, qui fut aussi mon ami, je vous entretienne de ces questions, et des dispositions auxquelles la loi nous oblige.

— C'est vrai, dit Servane, de pénibles sujétions viennent s'ajouter à la douleur en ces cruels moments, mais nous vous connaissons assez, cher Monsieur Aubin, pour savoir que vous agissez par devoir, et surtout dans notre intérêt. Parlez, dites-nous ce que nous devons apprendre, ce que nous devons faire. Nous suivrons aveuglément vos conseils.

— Vous allez avoir besoin de beaucoup de courage, pauvres enfants ; de nouvelles épreuves vous attendent. Voici d'abord un des côtés de la situation actuelle : Mlle Madeleine et Mlle Sabine n'étant pas majeures, Mlle Sabine n'ayant pas même l'âge fixé par la loi pour l'émancipation, leur tuteur va leur être donné par le Conseil de famille. Ce sera sans doute M. de Grandin, et comme votre cousin est pressé de repartir pour la Flandre, cette question se règlera à bref délai.

— Et..... devrons-nous suivre notre cousin ? interrogea Servane ; nous faudra-t-il quitter Précourt ?

— J'ignore ce que vous conseillera, ce que vous proposera M. de Grandin, Mademoiselle. Mais votre séjour à Précourt ne peut plus être de longue durée. J'éprouve une immense triscesse à la pensée de découvrir à vos yeux une situation de fortune très compromise, désastreuse même. Vous connaissez peut-être l'issue du procès intenté par M. le comte à ses cousins et alliés de Berthemont au sujet de ses droits ou prétendus droits sur le bien successoral de la vicomtesse de Brazy, votre parente du côté maternel ?

— Oui, Monsieur Aubin, répondit Servane ; il y a déjà deux ans de cela. Notre père ne put nous cacher la déception qu'il éprouva alors, car il ne doutait pas de son droit.

— Au point de vue juridique (et j'avais sur ce point éclairé M. le comte au point de vue juridique, ses prétentions étaient contestables. Ce procès, perdu en première instance, puis en appel, absorba des sommes énormes. A la suite de ces événements, votre père, cédant aux conseils d'un financier de la capitale avec lequel il était depuis peu en relations, réalisa peu à peu tout ce qu'il possédait de valeurs solides, alla même jusqu'à vendre une ferme du meilleur rapport pour s'engager dans des spéculations qui finirent par un désastre. A chaque opération, il croyait toujours récupérer, et au delà, ses capitaux perdus. Bientôt, votre père, qui était la loyauté même, se trouva acculé entre le déshonneur et la ruine. Il n'hésita pas : il sacrifia tout pour tenir ses engagements, pour sauver l'honneur de son nom. Je fus à ce moment, trop tard, hélas ! le confident de ses peines et de ses résolutions. Après le dernier emprunt, il lui restait tout juste de quoi vivre ainsi que vous en attendant un emploi qu'il sollicitait en Angleterre. Il y a peu de jours, la nouvelle lui parvint qu'un postulant l'avait devancé. C'en était fait de cette espérance, le chagrin le tua. Ah ! combien je regrette, Mesdemoiselles, de n'avoir pu convaincre M. le comte des déboires qui l'attendaient dans des spéculations si hasardeuses. Son ambition paternelle, sa vive tendresse pour vous, voilà son excuse, je le sais. Il désirait faire de ses filles de riches héritières ; ce désir a été le point de départ de ses entreprises et de ses malheurs.

— Oh ! loin de nous, Monsieur Aubin, loin de nous la pensée de reprocher quoi que ce soit à notre pauvre père, dit lentement Servane, dont le regard exprimait une calme et ferme résignation. Ah ! si nous avions pu deviner et partager ses soucis, comme nous l'aurions rassuré ! La pauvreté, Monsieur Aubin, ce n'est pas là notre plus grand malheur, mais nous sommes orphelines, voilà l'irréparable !

— Oh ! certes, pour des cœurs aimants, la perte des êtres chers sera toujours la plus grande épreuve. Mais, continua le notaire, avec chaleur, vos amis ne vous abandonneront pas.

Vous trouverez en moi, je vous l'affirme, un défenseur zélé de vos intérêts. Pour en revenir aux questions d'affaires, je dois vous annoncer que très prochainement aura lieu la vente par licitation du château et de ses dépendances. Tout le domaine est grevé d'hypothèques considérables ; l'actif de la succession dépassera de fort peu le passif. Alors, Mademoiselle Servane, vous aurez à prendre de graves décisions, non seulement en ce qui vous concerne personnellement, mais aussi pour vos sœurs, au cas où leur tuteur ne pourrait ou ne voudrait leur offrir l'hospitalité à son foyer.

— M. de Grandin a, je crois, d'assez lourdes charges de famille, observa la sœur aînée. Ce ne serait ni digne ni délicat de notre part de nous imposer à lui, si nous ne possédons rien ou presque, même s'il croyait de son devoir de nous donner une place au milieu des siens. Mais ne pensez-vous pas, Monsieur Aubin, que nous pouvons demander au travail les ressources qui nous manqueront ? Nos parents ont mis en nos mains les meilleures armes pour lutter contre l'adversité en nous donnant une éducation solide et quelques talents. Nous tirerons parti de ces avantages, et, acceptant cette nouvelle épreuve, comme venant de Dieu, nous gagnerons notre pain. Je suis sûre que mes sœurs pensent comme moi et approuvent mes paroles.

— Oui, dit Madeleine, dont la voix aux pures inflexions résonna comme une musique aux oreilles du vieillard tout ému, notre chère Servane a raison. Nous ne sommes pas tout à fait déshéritées : il nous reste un nom sans tache, quelques capacités et des principes où nous puiserons la force et le courage de supporter nos peines. Nous travaillerons. Cette perspective n'a rien d'effrayant ; de bonne heure, notre mère bien-aimée nous a appris à remplir notre vie d'occupations utiles et sérieuses. Nous trouverons aisément, je suppose, quelque tâche assez rémunératrice pour assurer notre existence.

— Je tâcherai d'être aussi vaillante que mes sœurs, s'écria Sabine. Que l'on ne nous sépare point, si c'est possible, et nous travaillerons de bon cœur. Dieu bénira nos efforts, soyez-en sûr. Et vous verrez, cher Monsieur Aubin, même pauvres, nous trouverons le moyen d'être heureuses !

La fillette secouait avec énergie sa tête blonde. Ses yeux s'illuminaient en regardant Servane et Madeleine avec sa belle confiance d'enfant pieuse et aimante.

Le vieillard sourit à la jeune fille. Il ne trouvait aucune parole pour traduire son émotion et son admiration.

— Ah ! Mesdemoiselles, dit-il enfin, votre courage est plus

grand encore que votre malheur ! Puisse l'avenir vous apporter quelques douces compensations à la rigueur du présent.

— N'en est-ce pas une, Monsieur Aubin, de rencontrer au moment de l'épreuve un ami tel que vous ? interrompit Servane, en tendant au notaire ses deux mains qu'il saisit avec un respect attendri. Merci du fond du cœur de votre affection et de votre dévouement.

Me Aubin se retira soulagé d'un grand poids, presque rassuré par l'attitude des jeunes filles que la nouvelle de leur ruine ne semblait pas avoir abattues.

Cependant chacune songeait sans cesse à la vie nouvelle qui les attendait, à l'inconnu de cette destinée si proche. Où iraient-elles ? Que feraient-elles ? L'unique certitude, c'était que le domaine séculaire des Précourt allait cesser de leur appartenir. Et à mesure que passaient les jours, la vieille demeure où elles étaient nées devenait plus chère à leur cœur ; à chaque pas mille souvenirs revenaient plus vivaces, plus attachants.

Pourtant, depuis trois années, c'est-à-dire depuis la mort de leur mère, l'existence des jeunes filles avait été parfois morne et mélancolique dans ce château fermé à tous les plaisirs de leur âge, à toutes les jouissances de l'amitié, près d'un père que leur tendresse et leur gaieté juvénile ne pouvaient plus arracher à ses sombres préoccupations.

Servane et Madeleine comprenaient enfin la raison de leur solitude qu'elles avaient attribuée, tout en se reprochant cette pensée, à une misanthropie un peu égoïste de leur père. Elles s'expliquaient aussi, et non sans un sentiment d'amertume, la défection de tant d'amis, la rupture de chers projets longtemps caressés. Les prétendants à la main de Servane avaient été nombreux vers la vingtième année de celle qu'on croyait une riche héritière : tous avaient été éconduits ou s'étaient bientôt récusés, tous, même celui qui paraissait témoigner à la jeune fille le plus profond attachement, et à qui elle était prête à donner tout son cœur. M. de Précourt avait dû avouer — et pour lui quel pénible aveu ! — que l'héritage de ses filles était illusoire. La pauvreté, soupçonnée ou connue, avait arrêté, éloigné peu à peu tous les amis.

II

Quelques semaines ont passé.

Malgré le zèle du notaire, malgré la beauté du domaine, peu d'acquéreurs se sont présentés. Le château et ses dépendances ont été vendus au-dessous de leur valeur.

Toutes les dettes acquittées, un reliquat de dix-huit mille francs environ, dernière épave de la dot de leur mère, constitue l'héritage des orphelines. Elles y joignent quelques meubles fort simples et quelques souvenirs de famille qu'elles emporteront où le sort les fixera définitivement.

Le tuteur de Madeleine et de Sabine, chef d'une famille nombreuse, montre peu d'empressement à se charger, même temporairement, de ses pupilles. Il approuve donc le plan de Servane : les trois sœurs ne se sépareront point ; elles vont s'établir au plus tôt dans une grande ville et se mettre en quête de travail.

Elles ont eu avec Mme Aubin, la femme du notaire, une véritable amie aussi, de longs entretiens. C'est sur le conseil de cette femme expérimentée qu'elles ont renoncé à habiter la ville la plus voisine de Précourt, qui n'offrirait aucun débouché à leur activité et à leurs talents. Mme Aubin, qui a longtemps séjourné à Paris, et s'y rend souvent pour voir ses fils pensionnaires d'un grand collège, a encore d'excellentes relations dans la capitale. En choisissant Paris, les jeunes filles profiteront des recommandations de leur amie, qui met d'ailleurs tout en œuvre pour les aider à sortir de peine.

Servane et ses sœurs quittent donc leur chère campagne normande par une brumeuse matinée de la fin de septembre. Le train les emporte vers une destinée inconnue que Sabine seule attend sans épouvante.

C'est en se séparant de leurs bons amis, les Aubin, en voyant disparaître au tournant de la voie ferrée les derniers toits du village, la pointe du clocher de leur vieille église, que Servane et Madeleine ont éprouvé leur première défaillance.

Que de liens puissants les rattachaient à ce coin de terre, aux tombeaux sur lesquels elles venaient encore de prier jusqu'au moment du départ, aux pierres de la maison ancestrale, aux paysages familiers tant de fois contemplés !

Il fallait briser tous ces liens, s'arracher à ces lieux si chers ; l'adieu éperdu qu'elles jetaient était le dernier adieu.

Vers le soir, elles débarquèrent, lasses, engourdies de corps et d'esprit, au milieu de la cohue de la gare Saint-Lazare.

Un fiacre les transporta avec leurs malles rue de La Condamine. Là, dans une pension de famille que leur avait indiquée Mme Aubin, Servane loua pour une quinzaine deux étroites chambrettes dont le prix convenait à l'exiguïté de leur bourse. Car les jeunes filles, pour subvenir aux frais de leur installation provisoire, de leur emménagement définitif ensuite, et pour vivre en attendant leurs premiers gains, ne possédaient que quelques centaines de francs. Leur capital, placé par les soins de Mᵉ Aubin, en rentes sur l'État, devait leur assurer près de six cents francs de revenu annuel, ce qui ne représentait guère que le loyer d'un logement décent et salubre.

Vaincues par la fatigue, les voyageuses finirent par succomber au sommeil, en dépit de leurs préoccupations. Le lendemain, elles s'éveillèrent reposées, plus vaillantes, impatientes de se mettre en quête d'un logis et de travail.

Servane, excellente lingère, et Sabine, habile brodeuse, devaient se présenter dans deux grandes maisons de blanc et trousseaux. Recommandées par des amies de Mme Aubin, importantes clientes de ces établissements, elles pouvaient en outre fournir des échantillons de leur savoir-faire.

Madeleine, qui, comme ses sœurs, avait fait d'excellentes études et possédait un joli talent de musicienne, se proposait de donner des leçons de français ou de musique : une religieuse de Saint-Vincent de Paul, vieille amie de la comtesse de Précourt, s'occupait déjà de procurer des élèves à la jeune fille.

Les trois sœurs commencèrent donc sans retard leurs premières démarches ; en même temps elles parcoururent les quartiers, où, selon les indications de Mme Aubin et de Sœur André, elles pouvaient trouver un logement à leur convenance. Dès qu'elles seraient pourvues, le notaire leur ferait expédier le petit mobilier laissé provisoirement à Précourt.

Le soir du huitième jour de leur arrivée à Paris, Madeleine et Sabine rejoignaient à l'hôtel leur sœur aînée, rentrée elle-même depuis quelques instants et qui compulsait des notes griffonnées au crayon sur son agenda.

— Ouf ! s'écria Sabine en se laissant tomber sur une chaise. Je n'en puis plus, je rêve d'un bon lit et je soupire après un verre d'eau. Mon Dieu ! que de pas nous semons dans ce Paris, que de poussière nous avalons ! Et c'est ainsi tous les jours depuis une semaine.

— Patience, Sabine, nous verrons la fin de ces misères, dit Servane. Raconte-moi ton après-midi. Le résultat de tant de peines ne peut être tout à fait nul.

— Il est même très joli, le résultat, et bien proportionné à nos efforts. Tu vas en juger toi-même, ma sage et équitable sœur. Nous avons, Madeleine et moi, grimpé soixante-treize étages (je puis me tromper d'un, c'est de peu d'importance), gravi quatorze cents marches d'escalier, ou quelque chose d'approchant, et affronté l'examen plus ou moins bienveillant de dix-sept concierges, ce qui n'était pas la moindre épreuve....

Et nous n'avons rien trouvé, rien, pas un logement passable, ou bien alors des prix incompatibles avec nos pauvres ressources, si incertaines encore. N'est-ce pas désolant ? Et quelle perspective ! Il faudra recommencer demain, à moins que nous ne nous décidions à coucher sous un pont. Sans compter que Madeleine est arrivée trop tard pour la place de sous-maîtresse à l'institution Debussy ; depuis hier la place est prise. N'y a-t-il pas là de quoi être énervé, découragé ? Madeleine l'est autant que moi, j'en suis sûre ; seulement elle le manifeste moins, voilà tout.

— Oh ! sans doute, ces déceptions, cette incertitude de notre lendemain me démoralisent quelque peu, avoua Madeleine, dans un profond soupir. Mais toi, Servane, tu as peut-être été plus chanceuse que nous dans tes pérégrinations ?

— Oui, répondit la sœur aînée. Toutes nos difficultés ne sont pas aplanies, mais le peu que j'ai obtenu me redonne de l'espoir. Nous aurons bientôt du travail, de la lingerie fine, assez bien payée.

— Oh ! tant mieux ! déclara Madeleine, j'accepterai n'importe quel travail en attendant des élèves.

— J'étais allée d'abord *A la reine Berthe*, la grande maison de trousseaux du boulevard Sébastopol, continua Servane. J'avais remis mes lettres de recommandation et mes échantillons. Mais la réponse ne pouvait m'être donnée immédiatement. J'y suis retournée à l'heure qu'on m'avait fixée, et cette réponse a été satisfaisante. J'ai vu les modèles de ce que nous devrons exécuter, je suis sûre de faire aussi bien, mieux peut-être. On a aussi admiré tes broderies, Sabine, mais, dans ce genre, on ne m'a rien promis encore. Aussi, demain nous nous adresserons ailleurs. Vous voyez, voilà déjà un résultat encourageant. Et nous n'en sommes qu'à notre première semaine, à nos premières démarches. Mme Aubin ne nous a-t-elle pas prévenues que nous ne pouvions réussir du soir au lendemain ? Il faut du temps et de la patience.

— Tes paroles sont comme un baume sur ma blessure, ma chère grande, s'écria Sabine, qui sembla tout à coup recouvrer ses forces et son entrain. Nous, nous continuerons nos courses, à la recherche d'un perchoir.

— Et cette seconde difficulté sera sans doute vaincue aussi. Sœur André m'a donné deux adresses où nous nous rendrons demain de bonne heure. Elle m'indique deux logements vacants, l'un rue de Provence, l'autre rue des Petits-Champs. Le prix approche de six cents francs ; c'est un gros chiffre, mais je suis décidée, pour de sérieuses raisons, à faire ce sacrifice,

Il faut en finir ; nous ne pouvons rester longtemps ici, ce qui serait encore plus coûteux. Les immeubles en question sont bien tenus, les logements clairs et bien aérés ; le quartier nous offrira de grandes commodités. Et enfin, les concierges sont, paraît-il, d'excellentes gens honnêtes et serviables. Ceci n'est pas à dédaigner, n'est-ce pas, Sabine ? Tu me parais montrer quelques griefs envers ces importants personnages.

— Dame, tu sais, convint la jeune fille, je finissais aussi par être agacée : la fatigue jointe aux déceptions, cela me rendait sévère et un peu injuste parfois. Enfin je suis un peu réconfortée à la pensée que demain, nous n'irons plus, comme aujourd'hui, à l'aveuglette. Dînons bien vite, et mettons-nous au lit le plus tôt possible, nous avons toutes trois grand besoin de repos.

Pendant que Sabine et Madeleine enlevaient leurs vêtements de sortie, Servane disposait sur la table, près de la fenêtre, les provisions qui composaient leur repas du soir.

Quel contraste entre ce repas, au menu duquel avait présidé une sévère économie, dans le cadre banal d'une petite chambre d'hôtel meublé, avec les dîners de Précourt, dans la salle à manger du château des aïeux ! A chacun des actes de leur vie journalière quelque vision fugitive passait devant les yeux des jeunes filles, et l'évocation du passé devait rendre plus poignante encore leur détresse actuelle. Mais elles acceptaient vaillamment les nécessités présentes et consommaient avec une belle ardeur les plus pénibles sacrifices. Côte à côte, unies par la plus tendre et la plus vive affection, elles se sentaient de force à tout supporter, à tout braver.

Toutes trois, de bon matin, quittèrent la rue de La Condamine, le lendemain, pour aller visiter les deux logements en question. Celui de la rue de Provence rallia tous les suffrages.

Il était situé au quatrième étage d'un immeuble peu important, mais de bonne apparence. A la suite de la concierge, femme d'une cinquantaine d'années, à l'air avenant et honnête, les trois sœurs inspectèrent minutieusement les deux chambres dont l'une pouvait servir de salle à manger et d'atelier, l'autre serait l'unique chambre à coucher, un vrai dortoir ; car il était difficile de placer un lit dans la cuisine, fort exiguë, et quant à transformer en chambrette un cabinet sombre et mal aéré, destiné plutôt à servir de débarras, ce n'était guère praticable.

Les jeunes filles se montrèrent satisfaites de l'examen. Elles avaient pénétré la veille dans maints logis misérables et insalubres, à l'aspect plus triste encore par comparaison avec le luxe et le confort dont elles avaient joui jusque-là. La vue de ces pièces propres et claires les charma, et Sabine, vraie fille des champs, élevée en plein air, fut tout à fait conquise par l'étroit balcon qui, s'étendant devant tout le quatrième étage de l'immeuble, reliait les fenêtres de leur future chambre à celle de la salle à manger.

— Nous respirerons à l'aise, le soir, sur ce balcon, dit-elle. A cette hauteur, nous aurons toute la journée de l'air et de la clarté. Je rangerai sur les côtés quelques pots de verdure et des plantes grimpantes. Nous aurons l'illusion d'un jardinet.

Une lettre fut adressée sans plus tarder à Mᵉ Aubin, et, en attendant l'arrivée de leur mobilier, les jeunes filles consacrèrent tout leur temps à la recherche du travail qui devait assurer leur pain quotidien.

Que de démarches encore ! Que d'attentes fiévreuses ! Comme l'argent diminuait vite dans la bourse des orphelines, malgré la modicité de leurs dépenses ! Chaque soir, elles rentraient tristes, brisées, énervées, selon leur caractère. Servane elle-même, dont la calme énergie et la pieuse résignation ne s'étaient pas démenties un seul instant, commençait à ressentir une inquiétude déprimante. Machinalement, elle accomplissait sa part des obligations journalières, mais la tâche lui semblait chaque jour plus difficile. Madeleine n'était pas moins découragée, les élèves ne lui venaient pas. Jusqu'à ce moment, l'exemple et les exhortations de Servane l'avaient soutenue, entraînée ; mais maintenant qu'elle devinait chez son aînée un accablement réel, sa fermeté l'abandonnait aussi.

Un de ces jours-là, alors que toutes deux rangeaient en silence leurs malles afin de quitter le lendemain l'hôtel de la rue de La Condamine pour prendre possession de leur nouveau logement, Sabine, le front appuyé à la vitre, regardait tomber la pluie sur les dalles de la cour déjà assombrie par le crépuscule. Tout à coup, elle éclata en sanglots bruyants.

Effrayées, ses sœurs se précipitèrent vers elle.

— Sabine, qu'as-tu ? Es-tu souffrante ?

— Ma petite sœur, insistait Madeleine, dis-nous donc la cause de ton chagrin.

Mais la jeune fille, suffoquée par les larmes, ne pouvait prononcer une parole. Elle s'était réfugiée dans les bras que lui tendait Servane, et, la tête appuyée à l'épaule de sa grande sœur, elle sanglotait éperdûment.

— Sabine, ma chérie, ne pouvons-nous rien pour te consoler ? Réponds-moi ; qu'as-tu ? ne nous laisse pas plus longtemps dans cette angoisse.

Sabine essuya ses yeux rougis, et, fébrile, frémissante, elle parla enfin, par phrases entrecoupées.

— Pardonne-moi, Servane..... Je regrette de vous causer à toutes deux tant d'inquiétude. Je ne suis pas raisonnable ; j'aurais dû me vaincre..... Mais je n'ai pas pu. Jamais je ne m'habituerai à cette vie ! Nous sommes trop malheureuses !

— Un peu de patience, ma pauvre petite, dit Servane, en caressant les cheveux blonds de la fillette ; les mauvais jours passeront.

— De la patience ? je n'en ai plus ; ni force, ni courage, ni rien. Ah ! continua-t-elle, laissant enfin déborder le flot de ses tristes pensées, je n'aurais jamais cru que l'on pût tant souffrir ! Tout à l'heure, je revoyais Précourt, nos grands arbres, notre beau parc, ma chambre si gaie, si jolie, où même l'hiver le soleil pénétrait dès le matin. Je revoyais tout le passé, notre vie d'autrefois dans ses moindres détails, nos promenades, nos causeries, nos lectures, tous nos bonheurs enfin. Mais surtout, Servane, j'évoquais le souvenir de nos parents. Comme ils nous aimaient, comme nous les aimions ! Et nous les avons perdus ! Quoi qu'il nous arrive, nous ne retrouverons rien qui remplace leur tendresse. C'est affreux ! Non, je ne peux pas me résigner. Sommes-nous assez déshéritées ! Il ne nous reste rien, ni parents, ni amis, ni pain..... Tandis qu'à notre âge tant d'autres voient la vie leur sourire et, toujours entourées de sollicitude et d'affection, n'ont qu'à désirer pour recevoir.

— Oh ! Sabine, le nombre des heureux est si restreint ! Chacun a ses épreuves, tôt ou tard ; et c'est pourquoi il ne faut envier personne.

— Il y en a pourtant qui ne connaissent de la vie que ses joies. J'ai rencontré tantôt Geneviève de Bois-Lambrun. Elle était en voiture avec sa mère et son fiancé, le lieutenant de Girard. Elle avait l'air si heureuse, si triomphante ! Est-elle meilleure que nous ? Mérite-t-elle une meilleure part ? Est-ce que nous les avons méritées, nos épreuves ? Non, voyez-vous, je souffre trop, je voudrais mourir !

Très émues de ce langage, qui exprimait avec éloquence les désespérantes pensées de leur propre cœur, Madeleine et Servane essayaient par de douces caresses de calmer le chagrin de leur sœur.

— Petite chérie, dit enfin l'aînée, tu n'as pas tout perdu au monde, puisque nous sommes là près de toi. Crois-tu que Geneviève de Bois-Lambrun soit aimée de sa mère, si frivole, si avide de plaisirs, comme tu l'es de nous deux ? Nous traversons de bien cruels moments, c'est vrai, mais nous prierons

Dieu de nous donner le courage qui nous manque. Et peut-être trouverons-nous sur notre route un peu de bonheur.

— Écoute notre chère Servane, ajouta Madeleine en pressant les mains de la petite désolée ; elle a raison. Pensons à l'avenir et ne regardons pas sans cesse dans le passé. Employons toute notre volonté à améliorer notre condition. Faisons des projets, veux-tu ? Dans quelques jours nous serons tout à fait installées chez nous, rue de Provence. Tu verras, ce sera gentil, bien différent de cette affreuse chambre d'hôtel. Nous retrouverons autour de nous des objets familiers, nous arrangerons avec goût notre modeste intérieur. Et puis, enfin, nous finirons bien par trouver assez de travail pour gagner largement notre vie. J'ai idée que notre ciel s'éclaircira bientôt.

— Bien sûr, dit Servane ; nous avons tort de nous arrêter à des pensées démoralisantes qui nous font voir l'avenir sous les plus noires couleurs. Allons, bavardez toutes deux pendant que j'achève la dernière malle avant de dresser notre couvert.

Madeleine faisait asseoir sa jeune sœur et prenait place près d'elle. Sabine, plus calme, obéissait en silence.

— Dimanche, reprenait Madeleine, nous irons à Notre-Dame des Victoires, nous entendrons un beau sermon. N'avons-nous pas souvent désiré ce grand plaisir à Précourt, où trop rarement se faisaient entendre de bons prédicateurs ? Là, je te vois sourire : tu te rappelles certain brave curé, un saint, mais un bien médiocre orateur qui s'empêtrait dans de longues périodes dont il ne pouvait plus sortir ? Vraiment, on prenait en pitié sa détresse quand, au milieu d'une phrase, les mots soudain lui manquaient. Et toi, espiègle, qui formais le projet charitable de te cacher dans la chaire la fois suivante pour lui souffler ! Et la voix de notre chantre, si aiguë et si fausse, qui ne s'accordait jamais avec le serpent du père Brindoux ! Penses-tu, Sabine, aux beaux dimanches que nous passerons ici, en suivant les offices, tantôt à Notre-Dame, tantôt à Saint-Sulpice ! Tu verras, nous nous habituerons vite dans la capitale. Il y a de si grandes beautés partout, autour de nous : les monuments, les musées, les promenades, toutes choses qu'on peut contempler sans qu'il en coûte rien. Pauvre petit oiseau des campagnes, tu t'acclimateras.

— Oui, puisqu'il le faut.

— Surtout, ma chérie, conclut Servane dans un baiser affectueux, n'envie plus les heureux que tu coudoies, ceux qui te paraissent favorisés du sort. Parmi eux, il en est, sans doute, de plus à plaindre que nous ; il en est dont les peines secrètes n'en sont pas moins lourdes à supporter ; que de pauvres âmes torturées, à qui manque cette foi divine qui nous soutient et nous console ! Nous, nous savons prier, nous mettons toute notre confiance en Dieu qui ne nous accablera pas au delà de nos forces.

— Et qui nous donne en toi, Servane, plus qu'une sœur, une vraie mère, dit Madeleine avec élan.

— Oh ! oui, reprit Sabine, comment n'ai-je pas pensé à toutes ces choses ? Mais vos paroles me font tant de bien ! Je ne recommencerai plus à me plaindre, je vous le promets, je serai raisonnable.

La crise était passée. Déjà un faible sourire luisait dans les yeux bleus de l'enfant, encore humides des larmes récentes.

Et, à prêcher l'espérance et la résignation, Servane et Madeleine avaient recouvré, elles aussi, toute leur vaillance.

III

Ce fut pendant la seconde semaine d'octobre que les jeunes filles procédèrent à leur installation dans le petit appartement de la rue de Provence. Les loisirs forcés dont elles disposaient leur permirent d'arranger leur demeure avec soin.

Servane insista pour placer son lit dans le cabinet de débarras.

— A quoi me servirait une fenêtre pendant la nuit ? disait-elle avec sa bonne humeur tranquille. Je n'entrerai dans mon alcôve que pour dormir, et j'y dormirai très bien.

Seulement, pour aérer le sombre réduit, la porte de communication avec la chambre à coucher fut remplacée par un rideau de mousseline coquettement drapé. Grâce à cette combinaison, la chambre, moins encombrée, gagnait en confortable et en élégance.

Les deux lits de fer de Madeleine et de Sabine, avec leur dessus de cretonne à bouquets roses, occupaient les deux angles du fond, de chaque côté de la porte de Servane. Au milieu d'un panneau, l'armoire à glace, en vieux palissandre faisait face à la cheminée. Sur cette cheminée, la petite pendule de Sabine, en marbre blanc et bronze doré, de pur style Louis XVI, accompagnée de deux flambeaux assortis, mettait une note artistique que complétaient encore les deux miniatures, aux cadres d'ivoire sculpté, du comte et de la comtesse de Précourt, et le vieux Christ d'argent suspendu au mur. Un joli tapis aux teintes douces, quelques sièges recouverts d'antique damas gris et rose, et une petite bibliothèque achevaient l'ameublement.

Çà et là, sur les murs, quelques aquarelles délicatement traitées d'après nature par les jeunes filles elles-mêmes égayaient le papier de tapisserie au ton grisaille un peu terne.

Dans la salle à manger, qui devait servir en même temps d'atelier, une simple table de chêne occupait le milieu de la pièce ; des chaises, une table à ouvrage près de la fenêtre, et, dans un coin, un vieux bahut où l'on rangerait les fournitures de travail, c'était tout.

Quand ce fut prêt, Servane et ses sœurs constatèrent avec satisfaction l'aspect charmant et gai de leur modeste intérieur.

Soit qu'elles travaillassent près de la fenêtre aux rideaux relevés pour laisser passer le jour clair, soit qu'elles fussent groupées, le soir, autour de la lampe, elles goûtaient le charme d'une complète intimité renforcée encore par l'harmonie des choses familières qui les entouraient, et cette sensation leur était apaisante et douce.

Leur deuil si récent jetait sur leurs fronts un voile de mélancolie, l'incertitude du lendemain les inquiétait toujours ; mais sur leur route difficile, la jeunesse leur faisait trouver quelques menues joies et elles attendaient quand même le succès pour prix de leurs efforts et de leur patience.

Servane avait enfin reçu sa première tâche. La maison de la *Reine-Berthe* lui fournit peu à peu un travail régulier. C'était de fines pièces de lingerie longues à exécuter ; mais, en travaillant dix à douze heures par jour, une bonne ouvrière pouvait compter sur un gain de 2 à 3 francs. Sabine, avec ses broderies, gagnerait sans doute davantage, et Madeleine finirait bien par trouver des élèves. Sœur André lui en avait procuré une. Trois fois par semaine, la jeune fille consacrait deux heures de la matinée à une fillette. La course était longue de la rue de Provence à la rue du Bac, mais qu'importait à Madeleine, qui eût consenti à plus de fatigue encore pourvu qu'elle fournît son apport dans la communauté.

Vers la fin de l'année, Sabine reçut une grande satisfaction : un important magasin du boulevard Saint-Germain lui confia quelques travaux de haut goût. La jeune fille réalisait avec son aiguille des merveilles de beauté et de grâce d'après les dessins qu'elle composait elle-même avec une originalité et une habileté de véritable artiste. Son talent était enfin apprécié.

C'était la fin des craintes pour l'avenir. Avec de l'ordre et de l'économie, le budget des travailleuses leur permettrait de constituer peu à peu une réserve en cas de chômage ou de maladie. Enfin, par la force de l'habitude, s'adoucissaient les côtés les plus rudes de leur nouvelle existence.

Si parfois la pensée des parents enlevés si tôt à leur affection, le regret de la richesse perdue, le souvenir de quelque rêve caressé jadis et à jamais brisé rouvraient de secrètes blessures, ce n'était qu'une faiblesse passagère ; chacune puisait à la source divine la chrétienne résignation qui fait supporter la vie sans murmures ni révolte.

Après la semaine de labeur, le dimanche était la halte reposante : les offices religieux, quelque promenade dans Paris remplissaient la journée. Mais les trois sœurs vivaient solitaires, se suffisant à elles-mêmes. Leur unique amie dans la grande ville était Sœur André ; encore ne la voyaient-elles qu'à de longs intervalles, la religieuse étant elle-même absorbée par de multiples tâches. Seule avec Mme Aubin, toujours fidèle, elle connaissait la personnalité réelle des jeunes filles qui, redoutant la curiosité ou les commentaires de leur entourage dans un milieu inconnu d'elles, avaient supprimé de leur nom la particule : pour ceux avec qui elles devaient par nécessité entrer en relations, elles n'étaient que de modestes travailleuses. Nul ne soupçonnait qu'elles fussent les dernières descendantes d'une famille aristocratique aux lointaines et illustres origines.

L'unique repos du dimanche lui laissait trop de loisir ; la jeune fille employait donc ses heures de liberté aux soins du ménage ; au besoin, elle aidait dans leur tâche les deux ouvrières qui tiraient l'aiguille du matin au soir, et ainsi elle leur procurait quelques moments de repos.

Une de leurs meilleures joies était de recevoir des nouvelles de Mme Aubin. Celle-ci entretenait avec ses jeunes amies une correspondance régulière. Aussi un court séjour à Paris de la femme du notaire fut-il considéré comme l'événement le plus heureux.

Mme Aubin passa tout un après-midi rue de Provence. Elle apportait le réconfort de sa fidèle amitié, les échos du pays natal, le charme de l'évocation des souvenirs communs. Elle offrait en outre à ses jeunes amies un panier de provisions copieuses auxquelles le jeune appétit de Sabine fit honneur. Ces frais produits de la campagne dépassaient tellement en qualité ceux qu'on payait si cher chez les fournisseurs du quartier !

Mme Aubin admira la vaillance de Servane et de ses sœurs ; elle partit le cœur remué par une émotion intraduisible.

— Pauvres enfants ! dit-elle à son mari, dès son retour. Elles sont vraiment héroïques. Si tu les voyais dans leur pauvre petit nid !..... Tout le jour elles travaillent, accomplissent de leurs propres mains toutes les besognes, acceptent tout, se résignent à tout. Et cela sans une plainte, le sourire aux lèvres. Ah ! mon ami, cela réchauffe le cœur et fait faire un retour sur soi-même. Je me suis jugée égoïste et lâche en comparant ma vie avec la leur. Que Dieu les protège et les récompense, ces chères petites!

— La fortune eût été bien placée entre leurs mains, opina le notaire. Quelle fatalité s'est donc acharnée sur cette famille. S'il ne dépendait que de moi, la face des choses changerait bien vite ; je commencerais par gagner la partie contre la vieille marquise de Berthemont. Après tout, elle n'a pas d'héritiers directs, et bien que les jeunes de Précourt ne soient que ses alliées, il me semble qu'elle pourrait, sans injustice, leur réserver une part de son immense fortune. Malheureusement, le comte de Précourt fut son adversaire dans le fameux procès qu'il entama, et n'ayant jamais pardonné au père, elle n'aime guère ces pauvres jeunes filles qu'elle oublie volontairement. Finirai-je par intéresser à leur sort cette femme autoritaire et entêtée ? J'en doute, mais j'essayerai encore et quand même ; j'y emploierai toute la diplomatie dont je suis capable, sans bassesse, bien entendu, et sans que la fierté de nos jeunes amies puisse jamais en souffrir. Je les connais : elles seraient bien capables de refuser un legs qui leur paraîtrait ressembler à une aumône..... Et d'ailleurs, je suis si peu certain de réussir !.....

Mᵉ Aubin doutait du succès de ses négociations ; mais sa femme, plus optimiste, se rattachait à cette espérance. Déjà elle se voyait apportant aux orphelines la bonne nouvelle et partageant leur joie dans ce revirement de la fortune.

IV

— Enfin, voilà une pièce de plus à ajouter au trousseau de ma princesse inconnue, s'écria un soir Sabine en exhibant au bout de ses doigts tendus un fin mouchoir de batiste autour duquel s'enlaçaient en gracieuses et légères guirlandes des roses et des œillets. Car c'est à coup sûr à un trousseau de princesse qu'on destine une aussi jolie chose. Mais pour la terminer je me suis tant appliquée que j'ai la fièvre ; j'ai besoin d'air et d'exercice. Madeleine, chère ministre en tablier, donne-moi tes instructions et envoie-moi faire quelques emplettes chez l'épicier, chez le boulanger, où tu voudras.

— Il nous faut justement quelques provisions, répondit Madeleine du fond de la cuisine ; tu me rendras grand service.

— Tu peux aller aussi chez notre mercier, ajouta Servane, je vais bientôt manquer de fil.

— J'irai au bout du monde, si cela te fait plaisir. Mes jambes sont impatientes de fouler le pavé ; je voudrais fendre l'espace, je me sens des ailes. Voilà au moins trois jours que je n'ai pris contact avec le monde extérieur, et tu le sais bien, maman Servane, je n'ai pas la vocation du cloître.

— Tant mieux pour nous, ma mignonne. Que deviendraient tes pauvres sœurs sans leur fauvette ?

— Elles ne pourraient plus vivre, je le crains, ou se cloîtreraient avec moi..... Enfin, me voilà prête, je pars. Soyez sans inquiétude, mon itinéraire n'est pas compliqué, Dieu merci ; car je vous avoue que je n'aime guère aller loin toute seule dans ce grand Paris qui me fait un peu peur. Et puis, il est bientôt 7 heures, comptez sur moi pour le dîner, vous savez que j'ai toujours faim, cria l'espiègle jeune fille avant de franchir le seuil de la chambre.

Madeleine et Servane la suivaient du regard en souriant, gagnées par cette gaieté communicative.

— Pauvre petite ! murmura l'aînée, combien peu de chose suffit à son bonheur.

Moins d'une heure après, Sabine était de retour et déposait sur la table une collection de menus paquets. Ses joues étaient roses, ses yeux brillants, un sourire un peu mystérieux flottait sur ses lèvres.

— Cette promenade t'a fait réellement grand bien, remarqua Madeleine. Tu es fraîche comme un bouton de rose.

— C'est que j'ai rougi très fort tout à l'heure, répondit Sabine, et il en reste quelque chose sur mes joues. J'ai été si confuse !..... Il faut que je vous raconte mon aventure.

Servane avait relevé la tête ; une nuance d'inquiétude passait dans son regard sérieux. Madeleine se rapprochait et questionnait déjà.

— Oh ! rassurez-vous toutes deux, je n'ai couru aucun danger ; l'incident est assez banal en lui-même. J'ai été maladroite tout simplement et j'ai perdu dix sous.

— Ce n'est que cela ? fit Madeleine désappointée. Tu piquais notre curiosité avec tes airs de mystère et ton préambule. J'attendais un récit intéressant.

— Quand tu auras fini tes réflexions, ma chère Madelon, je continuerai. Je tenais à confesser d'abord ma maladresse. Je la regrette, moi, cette petite pièce égarée, nous ne sommes pas millionnaires..... Mais pour en revenir à mon aventure, cette perte n'en est qu'un épisode.

— Alors, raconte, nous sommes tout oreilles.

— Je rentrais, satisfaite de mes emplettes et de ma promenade, tenant d'une main ces paquets, de l'autre mon parapluie, ma bourse et ma jupe relevée afin de monter l'escalier rapidement. A un tournant je trébuche, et d'instinct j'étends deux doigts pour m'appuyer à la rampe. Dans ce mouvement, je laisse échapper mon porte-monnaie qui en tombant s'entr'ouvre. Voilà tout mon argent qui s'éparpille, roule le long des marches et jusqu'au palier du second. Très ennuyée, je dépose mes paquets sur le rebord d'une fenêtre et je me mets à la recherche de ma monnaie. Ce n'était pas commode dans les coins remplis d'ombre que le bec de gaz en veilleuse éclairait mal. J'essaye d'atteindre le bec pour augmenter l'éclairage. Quelle fatalité ! J'étais bien trop petite ou lui trop haut. Il s'en fallait de peu, de très peu, mais enfin je n'y parvenais pas. Me voyez-vous, dressée sur la pointe des pieds, allongeant en vain le cou, le bras, la main, toute ma personne ? Je suppose que c'était comique, mais, à ce moment-là, je ne riais pas, je vous assure. Tout à coup, derrière moi, une voix inconnue me fait sursauter. Je n'avais pas entendu quelqu'un monter après moi. Je me retourne et j'aperçois..... allons, devine, Madeleine, c'est comme dans les romans..... j'aperçois donc un beau jeune homme ! Oui, jeune, moins de trente ans, à coup sûr. Et beau ? à la vérité je ne l'ai pas examiné tout d'abord, j'étais toute troublée et je ne le regardais guère. Mais cela fait beaucoup mieux pour l'agrément de mon récit. Donc, un beau jeune homme très grand, distingué, bien habillé ; cheveux châtain foncé, moustache dorée et des yeux noirs !.....

— C'est merveilleux de voir tout cela sans regarder, s'écria Madeleine en riant.

— Laisse-moi continuer sans m'interrompre, Madelon, et ne me fais pas manquer tous mes effets..... Tu veux un récit intéressant, je m'applique à te satisfaire sans altérer le moins du monde la vérité, et tu y trouves encore à redire. C'est peu encourageant. Si je ne voyais Servane me prêter toute son attention, je m'arrêterais là.

— Ce serait trop dommage ; je te promets de demeurer muette jusqu'à la fin. Continue.

— Voilà : ces yeux noirs me considèrent (je crois bien qu'ils rient un peu) ; mais très aimablement, et en accompagnant ses paroles d'un salut respectueux, l'inconnu me demande : « Vous désirez un peu plus de lumière, Mademoiselle ? Permettez-moi de vous épargner la peine..... » En même temps, il règle le bec de manière à obtenir le maximum de clarté. « Et voici qui vous appartient, sans doute ? ajouta-t-il en me présentant deux gros sous. Je vous suivais à quelques marches d'intervalle, Mademoiselle ; j'ai été témoin de l'accident et j'ai arrêté deux fuyards dans leur course. » J'étais un peu interdite encore, mais j'ai eu assez de présence d'esprit pour être polie.

« Je vous remercie bien, Monsieur, ai-je répondu ; grâce à votre obligeance, je puis continuer mes recherches. » Mais l'aimable inconnu tire de sa poche une petite lampe électrique et se met à explorer les coins sombres du palier. Il retrouve ainsi deux pièces de deux francs ; moi, pendant ce temps, j'avais ramassé le reste, sauf une pièce de dix sous introuvable. Alors, ne voulant pas abuser davantage de tant de complaisance, j'ai bien vite affirmé qu'il ne me manquait plus rien. J'ai ajouté un nouveau remerciement accompagné d'un salut grave et digne qui m'a été rendu avec la plus parfaite correction. Puis ce monsieur a monté l'escalier devant moi pendant que je reprenais mes paquets. Vous connaissez maintenant toute mon aventure. Quant à l'identité de ce jeune homme si obligeant, le hasard me l'a révélée : c'est notre plus proche voisin, nos deux portes se touchent presque.

— C'est plutôt un visiteur pour nos voisins, déclara Madeleine. La personne qui habite l'appartement contigu au nôtre et qui s'appelle, je crois, Mme Landry, a pour fils un ouvrier mécanicien ou serrurier, je ne sais trop. Je l'ai croisé plusieurs fois sur le carré ou dans l'escalier, et son complet de toile bleue maculé de taches noirâtres indique assez qu'il exerce un métier de ce genre. Et, en outre, il ne répond pas au signalement de ton inconnu : il paraît d'une timidité, pour ne pas dire d'une sauvagerie peu ordinaire ; volontairement ou non, il ne voit pas les gens qu'il rencontre.

— Bah ! c'est que tu l'intimides, alors, tandis que moi, je ne lui fais pas peur.

— Sabine, avoue que ton récit est inventé de toutes pièces ou à peu près. Tu brodes si bien !

— Je te donne ma parole, Madelon, que je n'invente rien ; tu fais ce jeu de mots en pure perte. Je suis sûre que mon jeune homme a ouvert lui-même la porte de Mme Landry et que, rencontrant cette dame sur le seuil même, il a dit à haute voix : « Bonsoir, maman ! »

Madeleine hocha la tête d'un air de doute.

— Eh bien ! conclut Servane en souriant, Mme Landry ne peut-elle donc avoir deux fils ? l'ouvrier que connaît Madeleine et ton gentleman, Sabine. Quoi qu'il en soit, je te conseille, petite folle, de mieux tenir ta bourse désormais. Un M. Landry quelconque ne se trouvera pas toujours à propos derrière toi pour t'aider à la ramasser.

V

C'était une sombre après-midi de février, où la pluie tombait, chassée par un vent glacial.

Madeleine de Précourt achevait de mettre en ordre la cuisine après le repas, tandis que Servane et Sabine cousaient dans la salle à manger, près de la fenêtre aux rideaux relevés.

Penchée sur sa broderie, Sabine frissonnait parfois et une petite toux sèche qu'elle réprimait de son mieux l'obligeait à chaque instant à interrompre son ouvrage.

— Sabine, je suis sûre que tu es gelée, dit Servane ; tu tousses beaucoup depuis ce matin ; je vais appeler Madeleine qui va nous faire un bon feu.

— Inutile, Servane, je suis bien ainsi. Faut-il donc attacher tant d'importance à un simple rhume qui m'agace un peu mais ne me fait pas souffrir ? Je vais prendre une pastille pour calmer cette toux. Je suis sotte de n'y avoir pas pensé plus tôt.

Madeleine entrait à ce moment dans la pièce, portant un seau à demi rempli de charbon.

— Sabine tousse de plus en plus, dit-elle, mais vraiment vous avez ici une température glaciale ; une bonne flambée ne sera pas superflue.

— Ça, c'est de la prodigalité, protesta la jeune brodeuse ; si tu continues ainsi, ma pauvre Madelon, notre provision de combustible sera bientôt épuisée. Donne-moi un fichu, ce sera suffisant et plus économique.

Mais Servane et Madeleine n'écoutèrent point ces protestations ; en quelques minutes, la cheminée ronfla joyeusement.

— Que cet hiver est long et triste, répétait Sabine, décidément mélancolique. Je voudrais tant revoir le soleil ! Je serai heureuse quand je pourrai me réchauffer sur le balcon.

Madeleine avait pris aussi son aiguille ; elle secondait tour à tour les deux ouvrières selon que l'une ou l'autre était plus pressée.

Deux petits coups discrets frappés à la porte troublèrent le silence. Madeleine alla ouvrir.

La concierge, Mme Vallette, une grosse femme d'une cinquantaine d'années, à la figure avenante, aux gestes vifs, encore tout essoufflée d'avoir gravi rapidement les quatre étages, présentait un message à sa locataire.

— Un petit bleu pour Mlle Madeleine Précourt.

— Merci, Madame, répondait la jeune fille en recevant le pneumatique qu'elle s'empressait d'ouvrir.

Et revenue près de ses sœurs, elle s'écriait joyeuse :

— Mes enfants, une bonne nouvelle. Ce billet est de Sœur André qui m'a trouvé la situation désirée depuis si longtemps. Je suis invitée à me présenter demain boulevard Baumarchais pour prendre arrangement avec Mme Méautier, femme d'un commandant, qui cherche une institutrice pour ses fillettes. Sœur André m'a beaucoup recommandée et m'engage à accepter des conditions qui lui semblent avantageuses. En vérité, il faudrait qu'elles fussent bien dures, absolument inacceptables, pour que je refuse. Voyez-vous, mes chéries, voilà la fin de nos épreuves et de nos inquiétudes maintenant que je vais apporter ma quote-part dans notre budget. Dimanche, nous irons remercier Sœur André qui a remué ciel et terre pour nous rendre service. En attendant, ma petite Sabine, je vais te faire ici une température de serre chaude, et ce vilain rhume va être obligé de déguerpir. Je suis bien contente.

— Nous aussi, dit Servane, qui ajouta au bout d'un moment en regardant Madeleine, dont le visage exprimait une joie sincère :

— Puisses-tu trouver chez ces étrangers un peu de sympathie, sinon un peu d'affection ; je te voudrais si heureuse !

— Rassure-toi, ma grande, je m'habituerai aisément à mes nouvelles fonctions, j'en suis convaincue. Et puis la pensée que je gagne de l'argent par mon travail me consolera de tout.

Madeleine revint enchantée de son entrevue avec Mme Méautier.

Le commandant, son mari, appartenait à un régiment d'infanterie coloniale et devait rester à Paris quinze ou dix-huit mois. Mme Méautier, très aimable, avait reçu Madeleine avec beaucoup d'égards ; de part et d'autre, l'accord était complet. On avait présenté à la jeune fille ses futures élèves, deux fillettes de neuf à onze ans. Enfin, il était convenu que l'institutrice entrerait en fonctions dès la semaine suivante.

La seule ombre au tableau était la séparation, l'éloignement de Madeleine pendant toute la semaine. Mais comme le dimanche, jour de liberté pour l'institutrice, serait un jour de joie pour les trois sœurs !

Le moment du départ arriva. Le fiacre attendait en bas ; la petite malle de Madeleine était chargée, on échangeait un dernier au revoir.

— A dimanche, dit Servane ; nous allons te suivre par la pensée.

— Je t'accompagne jusqu'à la voiture, déclara Sabine. Je veux être avec toi jusqu'à la dernière minute. Cette semaine va nous paraître d'une longueur !.....

Les deux sœurs descendirent. Sur le seuil de la porte d'entrée elles se séparèrent enfin.

— Bonne chance, cria Sabine.

Elle attendit que le fiacre eût disparu au premier tournant et rentra pour reprendre au plus vite sa tâche interrompue.

Devant la loge de la concierge, elle fut saluée par le sourire d'une fillette qui, depuis le passage des deux sœurs, était restée comme en extase à les regarder et demeurait encore immobile à suivre les mouvements de Sabine.

Cette fillette, de quatorze à quinze ans, pâle et maigre, anémiée sans doute par une croissance trop rapide et par le manque d'air dans l'étroit logis de sa famille aussi bien qu'à l'atelier, offrait une physionomie agréable et intelligente. Avec ses yeux vifs et curieux, son petit nez spirituel, dont la pointe se redressait un peu, très peu ; avec la masse de ses cheveux d'un blond ardent, légèrement ébouriffés et qu'un nœud de ruban noir relevait avec grâce vers la nuque, elle réalisait bien le type de la petite ouvrière parisienne, élégante et fine, à l'air déluré et au maintien plein d'assurance.

Elle accompagna son sourire d'un salut respectueux et amical tout à la fois, et dit d'une voix claire :

— Bonjour, Mademoiselle.

A quoi Sabine répondit sans s'arrêter :

— Bonjour, Mademoiselle Germaine.

Mais aussitôt, une voix qui s'efforçait d'être sévère partait du fond de la loge.

— Comment ! Germaine, tu es encore là ? Veux-tu bien t'en aller à ton atelier, flâneuse !

— Voilà, voilà, je me trotte, répondait l'apprentie, en campant prestement son canotier sur ses cheveux bouffants.

Elle ajouta en aparté :

— C'est vrai que la patronne pourrait me coller une amende ce matin ; je suis en retard de cinq bonnes minutes, et elle ne plaisante pas là-dessus. Oh ! là, là, c'est tout de même rasant de toujours penser à l'heure. Je vais encore être obligée de galoper pour rattraper un peu de temps perdu.

Et tout en filant, vive et légère, le long des rues populeuses pour gagner le boulevard Montmartre où était située la maison de modes à laquelle elle appartenait, Germaine continuait ses réflexions. Les jeunes de Précourt en formaient l'unique sujet.

— Plus je les vois, plus je les trouve jolies, nos locataires du quatrième ! Et quelle distinction ! de la vraie ! je m'y connais assez, sans me flatter. Quand on a comme moi porté des centaines de chapeaux aux clientes d'une maison chic comme la nôtre, on voit pas mal de types et l'on fait des comparaisons. Il y a les grandes dames pour de bon, et il y a les autres, duchesses de Montmartre ou altesses de Music-hall. On peut confondre, des fois, mais, en général, moi je ne m'y trompe pas. Eh bien ! ces demoiselles Précourt, tout ouvrières qu'elles sont, et d'honnêtes ouvrières, c'est clair comme le jour, me font l'effet de princesses déguisées. Comme dans un conte de fées, quoi ! Ah ! si le patron en rencontrait souvent, des beautés comme ça, pour lancer ses modèles chic, ça lui en ferait une réclame. Leur petite toque de crêpe ne vaut pas cent sous, n'empêche qu'elles sont chapeautées comme des marquises... Je voudrais bien savoir si M. Landry les a remarquées, ses jolies voisines, et ce qu'il en pense. Lui qui ne fait pas plus attention aux femmes que l'ours du Jardin des Plantes, et qui refuse absolument de se marier, si le voisinage de ces trois demoiselles allait le faire changer d'avis. C'est moi qui applaudirais ! Et bien sûr, Mme Landry serait contente aussi.... Suis-je drôle de penser tout de suite à ça. Il y en a eu des tas, de belles locataires, dans la maison, du rez-de-chaussée aux mansardes, et, ma parole ! je ne me rappelle pas y avoir jamais vu de noce. Et je m'en vais bâtir un roman, dont mon grand ami, M. François, est le héros. Ma fille, il vaudrait mieux pour toi savoir faire proprement un chapeau.

Germaine entrait en coup de vent dans l'atelier et tout égayée. Mais son imagination recevait aussitôt une douche appliquée par la première, remplaçant la patronne. Germaine était bel et bien à l'amende pour un grand quart d'heure de retard.

VI

Le dimanche fut attendu par les deux ouvrières avec une impatience qui se devine. Madeleine, de son côté, avait hâte de revoir ses sœurs, de se retremper dans leur tendre intimité, de les initier aux détails de sa vie chez Mme [illegible].

Vers onze heures elle arriva, et aussitôt dut répondre aux questions qui se croisaient, interrompues souvent par les exclamations affectueuses de Sabine, si heureuse de retrouver sa chère Madelon.

— Alors, vrai ? interrogeait la fillette avec un geste malicieux, le temps ne t'a pas semblé long loin de nous, méchante ?

— Je dois le confesser, les jours ont passé plus vite que je ne m'y attendais.

— Parle-nous un peu de Mme Méautier. Est-elle vraiment aimable ?

— Très aimable. C'est une Méridionale expansive et gaie qui déride tout le monde autour d'elle. Dans son voisinage règne une atmosphère de bonne humeur, on y est entraîné malgré soi. Elle s'est montrée tout à fait charmante à mon égard.

— Tant mieux ; nous avions un peu peur de cette inconnue avec qui tu vas vivre. Mais si elle est intelligente et bonne, elle saura t'apprécier de plus en plus, comme tu le mérites.

— Et le commandant, reprit Sabine, est-il vieux ? est-il laid ? Est-ce un type de grognard ou un officier de salon ?

— Rien de tout cela. C'est un homme encore jeune, sérieux et très cultivé, soldat par vocation et se dévouant corps et âme à son métier. Je le crois très bon au fond, bien qu'un peu froid à l'abord.

— Enfin, tes élèves ?...

— Sont de gentilles fillettes dociles et studieuses qui me donneront, j'espère, beaucoup de satisfaction. Elles paraissent déjà m'aimer et je le leur rends bien. Vous savez, d'ailleurs, combien je m'attache aux enfants.

— Oh ! oui, tu es née pour devenir mère de famille ; je te souhaite donc beaucoup d'enfants, une demi-douzaine pour le moins.

— Pour faire concurrence à la mère Gigogne, alors.

— Mon Dieu ! quelle petite folle tu fais, Sabine ! Est-ce la joie de me revoir ? Mais, en attendant ma tribu de descendants, je commence l'éducation de Juliette et de Charlotte Méautier, et je ne me trouve pas à plaindre puisque chacun, dans cette maison où je viens seulement d'entrer, me traite en amie ; il me semble que je suis habituée de vieille date dans ce milieu bienveillant et sympathique.

— Alors, après avoir vu tout en noir, nous voyons tout en rose ; la chance nous sourit, maintenant il faut s'attendre à tous les bonheurs.

Confiantes en l'avenir qui s'annonçait enfin meilleur, les orphelines passèrent ainsi le plus agréable des dimanches. Elles dirent mille folies, formèrent mille projets...

A la fin de l'été, Madeleine aurait sans doute quelques semaines de vacances. Ses sœurs s'arrangeraient pour avoir elles aussi un peu de liberté. Peut-être pourrait-on passer une semaine à la campagne. Mme Aubin avait déjà formulé à ses amies une invitation bien tentante.

Le notaire de Précourt possédait une villa au bord de la mer, dans les environs d'Etretat, et sa femme se faisait fête de recevoir les jeunes filles auxquelles ce séjour et ce repos seraient si salutaires.

Chacune d'elles supputait les économies réalisables, et la sage et prévoyante Servane qui, dans le petit ménage, représentait l'autorité et la raison, acquiesçait à ce plan charmant.

— Nous passerons d'abord par Précourt, disait-elle, nous irons prier sur la tombe de nos parents aimés. Je désire tant accomplir enfin ce pieux pèlerinage !

— Certes, appuyait Madeleine, c'est là le premier de nos devoirs. Quelle tristesse pour nous d'être éloignées du lieu où reposent nos chers morts.

— La pauvreté entraîne bien des sacrifices, reprit Servane ; heureusement, nous commençons à entrevoir des jours meilleurs. Dieu a eu pitié de nous.

— Nous l'avons tant prié, dit Sabine. Nous méritions bien un peu aussi d'être exaucées. Et avec des amies comme Mme Aubin, comme Sœur André, dont le dévouement a été à toute épreuve, nous avions tort de désespérer.

Quand l'après-midi s'avança, le temps doux et beau favorisant une sortie, Servane et Sabine reconduisirent Madeleine jusqu'à sa nouvelle demeure.

Mme Aubin apprit par une lettre de Servane le changement heureux survenu dans la situation de ses protégées. Cette amélioration de leur sort la consola un peu, ainsi que son mari, d'une déception qu'ils venaient d'éprouver ; la marquise de Berthemont était morte et, quelques jours auparavant, elle avait dicté ses dernières volontés à un confrère de Me Aubin. Du testament de la marquise, les filles du comte de Précourt étaient exclues. Le dernier espoir du notaire était évanoui.

VII

Ah ! qu'il est doux de ne rien faire,
Quand tout s'agite autour de nous !

chantait à demi-voix Madeleine, enfoncée dans l'unique fauteuil de la chambre de ses sœurs.

Ce matin-là, le mardi de la Semaine Sainte, elle venait d'arriver toute joyeuse à la pensée qu'elle avait huit jours de congé, huit jours à passer rue de Provence : ses élèves étaient parties à la campagne, chez une parente, jusqu'au mardi suivant.

Elle regardait ses sœurs : Servane penchée sur sa couture, Sabine très affairée à la besogne matinale du ménage. Ses cheveux blonds enveloppés d'une mousseline protectrice qui lui donnait un air vieillot et mutin tout à la fois, la fillette époussetait avec entrain, frottait les meubles, secouait les rideaux.

C'était une jolie journée d'avril claire et gaie à souhait : un soleil vif entrait à flots par les fenêtres ouvertes et caressait les jacinthes frileuses rangées dans des pots sur le balcon à l'abri de deux arbustes verts ; dans le ciel bleu, la brise emportait de petits nuages blancs, présage de beau temps.

Sabine vint tout à coup se camper, le plumeau à la main, devant la chanteuse.

— Ma belle paresseuse, lui dit-elle, il n'est pas juste que tu te prélasses dans un moelleux fauteuil pendant que tes pauvres sœurs s'escriment de la brosse et de l'aiguille. Il y a ici de l'ouvrage pour toi.

— Pauvre de moi ! s'écria Madeleine. A peine ai-je savouré quelques minutes de doux farniente que déjà on veut m'imposer une tâche. Enfin, parle, que veux-tu que je fasse ?

— Si tes capacités pédagogiques n'ont pas annihilé tes talents culinaires, j'espère que tu consentiras à nous confectionner le déjeuner. Nous te laissons le soin d'élaborer le menu, à condition, toutefois, que, selon le principe de l'immortel Harpagon, tu nous fasses faire bonne chère avec peu d'argent.

— Problème difficile ! Enfin je ferai de mon mieux. Et, comme je sens naître en moi des dispositions héroïques, je vous aiderai aussi dans votre couture afin que nous puissions toutes trois faire une petite promenade hygiénique après le dîner. Cela vous va-t-il ?

— Que tu es aimable ! Va, cours, vole..... ou plutôt ne te laisse pas voler par ces fraudeurs de marchands qui mouillent leur lait sans scrupules et nous débitent sous le nom de beurre des graisses que n'ont jamais sécrétées la mamelle d'une vache. Dépêche-toi. J'ai un appétit de jeune loup qui aurait jeûné tout l'hiver.

Madeleine s'en alla aux provisions. Elle descendait si vite l'escalier qu'elle n'aperçut et n'entendit qu'en les touchant presque, deux hommes arrêtés sous la voûte, au rez-de-chaussée.

L'un d'eux, de belle prestance, mais plutôt vulgaire d'aspect et de mise, malgré une certaine prétention à l'élégance, parlait haut et traitait avec familiarité, en camarade, un jeune homme vêtu d'un complet de toile bleue comme en portent les ouvriers du fer pour leur travail. Ce dernier tenait d'une main plusieurs petits objets métalliques et sous son bras un gros rouleau de papiers.

— Au revoir, François, disait le premier des deux hommes. Excuse-moi de t'avoir dérangé à cette heure et de t'avoir mis en retard. Fais mes compliments à ta mère, je te prie, je ne puis monter la voir en ce moment.

— Je m'acquitterai de la commission, Ringeval. Mais j'insiste encore pour que vous alliez voir dès aujourd'hui l'industriel auquel vous êtes recommandé, sans quoi vous risquerez de vous voir devancé.

— Ne t'inquiète pas, mon ami, je serai exact.

Tout en prononçant cette phrase d'un ton dégagé, celui que son camarade appelait Ringeval considérait Madeleine avec un sans-gêne excessif et attendait que la jeune fille le frôlât presque pour la laisser passer. Au contraire, son compagnon s'était dès l'abord effacé le long de la muraille, en s'inclinant poliment.

D'un rapide coup d'œil, Madeleine avait reconnu en ce dernier la silhouette de l'ouvrier rencontré à plusieurs reprises et qu'elle connaissait pour leur voisin. Et comme il ne portait ce matin-là aucune coiffure, elle constatait aussi qu'il répondait vraiment au portrait qu'en avait tracé Sabine.

— Ce qui est hors de doute, pensait la jeune fille, tout en poursuivant sa course, c'est que notre voisin, quel que soit son métier, est mieux éduqué que son ami. Celui-ci m'a dévisagée, toisée, comme il l'aurait fait pour un animal curieux. Bah ! il faut s'attendre à toutes sortes de rencontres dans ces immeubles parisiens, où gîtent des centaines d'êtres humains.

Ce petit incident avait laissé si peu de traces dans la pensée de Madeleine, qu'à son retour elle ne songea même pas à en parler à ses sœurs. Mille autre sujets d'entretien plus intéressants s'offraient à ces jeunes filles à l'esprit cultivé, au noble cœur. Elles n'éprouvaient nul besoin de s'occuper de voisins qui leur demeureraient sans doute toujours étrangers.

Les huit jours de congé de Madeleine, en partie remplis par les exercices religieux de la Semaine Sainte et par quelques promenades, lui furent aussi salutaires qu'à ses sœurs. Si le courage ne faisait défaut ni à l'une ni à l'autre des travailleuses, leurs forces étaient néanmoins limitées. L'arc ne saurait demeurer toujours tendu. De temps à autre, il fallait faire trêve pour un instant au labeur acharné dont le salaire était, hélas ! si peu en proportion de l'effort et du talent.

VIII

Vers la fin d'un après-midi de mai, Sabine rangeait avec soin des objets de lingerie dans le carton qui servait à reporter son ouvrage, broderies fragiles et délicates. Elle enveloppait ensuite dans une toilette l'ouvrage de Servane composé de pièces plus volumineuses et plus lourdes. A la pensée qu'en échange de tout ce travail elle allait recevoir un salaire, elle oubliait la perspective peu engageante de la longue course à entreprendre.

— Ma pavre Sabine, dit la sœur aînée qui la suivait de son regard quasi maternel, il m'en coûte de te voir sortir seule, pour aller si loin, et avec ces énormes paquets. Il vaut mieux décidément que je m'en charge.

— Non, non, à aucun prix je ne souffrirai cela. Aie confiance en moi et ne t'inquiète pas, Servane. Je me tirerai très bien d'affaire. Toi, pendant ce temps, tu te reposeras, et ce n'est que justice. Cette semaine tu as veillé tous les soirs jusqu'à une heure avancée ; aujourd'hui, tu as une migraine atroce, et tes forces te trahiraient en route, c'est certain.

— Peut-être qu'au contraire l'exercice, un peu d'air dissiperaient mon malaise.

— Non, non, Servane, tu dis cela parce que tu crains pour moi de la fatigue et de l'ennui. Laisse-moi partir et installe-toi sur le balcon où il fait bon et chaud ; un peu de calme et de tranquillité te sont nécessaires. Moi, je prendrai le tramway jusqu'au boulevard Sébastopol, à cause de mes paquets, et je reviendrai à pied ; ce n'est pas difficile. A bientôt, ma grande, tâche de sommeiller un peu.

Sabine s'élançait légère vers la porte ; mais elle faisait à mauvaise fortune bon visage. C'était la première fois qu'elle subissait cette obligation pénible, inhérente à leur situation d'ouvrières. Jusque-là, Servane s'en chargeait toujours, par une délicatesse qu'en ce moment Sabine appréciait dans tout son mérite. Quel dévouement de la part de Servane, en cela comme en toute chose ! Sans éclat, en silence, la sœur aînée se sacrifiait, prenait pour elle la partie de leur tâche la plus ennuyeuse, la plus humiliante. Car ce n'était pas seulement la fatigue que redoutait Sabine : si le hasard mettait sur son chemin, dans la rue aussi bien que dans l'un ou l'autre des magasins où elle se rendait, les dames de Bois-Lambrun, déjà plus d'une fois entrevues, M. de Chênevel, tant d'autres anciens amis de sa famille ? S'ils la reconnaissaient, si elle surprenait sur leurs visages l'étonnement ou la pitié, ne se sentirait-elle pas blessée, ne rougirait-elle pas de l'humble condition devenue la sienne ? Elle n'envisageait pas non plus sans inquiétude sa réception aux magasins de la *Reine-Berthe* : les chefs, pleins de courtoisie et d'amabilité pour les riches clientes, étaient si souvent rigides et exigeants pour les ouvrières.

Le seuil franchi, Sabine commença de se morigéner elle-même pour se donner du courage. Un effort de volonté, et elle dompterait ses appréhensions. Peu à peu elle s'aguerrirait, il le fallait bien. Pourquoi ne pas prendre son parti avec énergie ? Mais c'était bien difficile. Et elle soupirait...

Elle venait de passer devant la loge lentement, toute à ses réflexions, et avant de poser le pied sur le trottoir, elle s'arrêtait pour vérifier la solidité des nœuds de la toilette et de la courroie qui maintenait le couvercle du carton.

Germaine, la fille de la concierge, l'observait avec curiosité. La fillette, qu'une foulure au poignet empêchait de travailler, n'avait point paru à son atelier depuis une semaine et promenait son désœuvrement de la loge au trottoir, et du trottoir à l'escalier, comme une prisonnière qui étouffe dans son cachot et aspire à la liberté.

Le passage des locataires et le mouvement de la rue n'étaient pour elle qu'une médiocre distraction qu'elle recherchait pourtant, faute de mieux.

La préoccupation de Sabine n'échappait pas à son œil clairvoyant.

— Pauvre petite demoiselle, pensait-elle ; c'est son tour aujourd'hui de reporter l'ouvrage. Mais elle n'a pas l'habitude de ce métier-là, ça ne l'amuse pas de faire le trottin, c'est évident. Si je lui proposais de l'aider ? Quelle idée épatante ! Ça lui rendrait service et me donnerait l'occasion d'un petit tour de boulevard. Voilà huit jours que je moisis ici et que je m'embête comme si j'étais payée pour ça. Mais elles sont un peu fières, ces demoiselles. On va me remercier et me dire non bien gentiment. Tant pis, je me risque. Après tout, c'est une politesse que je lui fais, à cette jeune fille, elle aura tort si elle se fâche.

Sabine allait partir. Germaine la rejoignit.

— Oh ! Mademoiselle, est-ce que vous allez loin comme ça ? Excusez-moi si je suis trop curieuse, mais c'est que j'ai envie de vous aider un peu. Je vis de mes rentes en ce moment ; ma patronne m'a donné congé à cause de ma foulure.

Elle montrait son poignet droit encore entouré d'une bandelette de toile.

— Je m'ennuie à ne rien faire, continuait-elle avec volubilité ; et si vous vouliez de moi, mon bras gauche porterait bien un de vos paquets, et je serais si contente !

Sabine hésitait. Devait-elle se laisser accompagner par cette fillette qu'elle connaissait si peu ? Servane approuverait-elle cela ?

Mais les yeux clairs de Germaine étaient si suppliants, l'expression de sa physionomie mutine si sympathique !

— Je vous remercie bien, Mademoiselle, répondit enfin Sabine. Je suis touchée de votre offre si aimable. Franchement, je suis tentée de l'accepter, mais je crains d'abuser de votre complaisance.

— Oh ! vous savez, il ne faut pas faire de façons avec moi, Mademoiselle Précourt. Je vous rendrai de bon cœur ce petit service ; et, je vous l'assure, je serai enchantée de me promener.

— Alors, j'accepte, reprit Sabine. Mais ce n'est pas une promenade, ajouta-t-elle en souriant ; c'est plutôt une course fatigante. Il me faut aller boulevard Sébastopol, puis boulevard Saint-Germain, à deux pas du carrefour de l'Odéon.

— Je connais ça, répondit Germaine, rive gauche, quartier du Boul'Mich ! Ce n'est pas le bout du monde, je suis allée plus loin, des fois. Ce que j'en ai porté des chapeaux, dans tous les quartiers de Paris !..... Alors, vous voulez bien de moi ? Je vais prévenir maman.

— Ah ! déclara la concierge aux premiers mots de l'apprentie, que voilà donc une bonne occasion de te donner de l'air.

Et à Sabine, en désignant la petite, qui de ses doigts agiles ordonnait sa chevelure et mettait son chapeau.

— Mademoiselle, la voilà bien contente de sortir avec vous. Elle devient enragée depuis qu'elle reste à la maison, sans presque rien faire à cause de son poignet. Moi, vous comprenez, je ne vais pas l'envoyer battre le pavé à l'aventure. Mais, en votre société, Mademoiselle Précourt, c'est tout différent.

— Et cela m'oblige, Madame Vallette. Ma sœur est souffrante et ne peut sortir, je suis obligée de prendre sa place.

Germaine était prête. Elle s'approchait et enlevait de son bras valide le plus gros paquet.

— Oui, c'est un peu lourd, dit-elle. Mais j'ai une bonne poigne et du nerf. Ce bras-là en vaut deux.

— Le carton qui me reste est plus léger, repartit Sabine ; mais nous porterons la toilette à tour de rôle ; sans cela, ce ne serait pas juste.

— C'est entendu, acquiesça Germaine ; nous ferons l'échange quand je serai fatiguée.

Les deux jeunes filles se mirent en route.

— J'ai bien vu que vous étiez ennuyée, fit Germaine au bout d'un instant. Vous, qui me souriez toujours quand vous passez devant la loge, vous paraissiez toute triste, et en vous regardant j'ai deviné que cette trotte avec vos paquets ne vous plaisait guère.

— C'est vrai, je n'ai pas encore l'habitude de sortir seule dans Paris, et je ne suis jamais allée reporter l'ouvrage. Rien que la pensée de m'adresser à la première employée d'une de nos maisons me fait trembler.

— Oh ! si vous vous laissez impressionner par les grands airs de ces demoiselles, vous n'êtes pas au bout de vos peines. C'est un genre qu'elles se donnent souvent de critiquer tout ce qu'on leur apporte. Mais leur critique ne doit pas vous émouvoir du moment que l'ouvrage est bien fait. Aussi ne vous faites pas de bile pour si peu.

Sabine et sa compagne arrivaient à la station du tramway qui, quelques minutes après, les déposait en face des magasins de la *Reine-Berthe*.

— Je vous attendrai ici, Mademoiselle Précourt, en regardant les étalages. Et surtout ne tremblez pas, ne soyez pas timide.

Sabine pénétra dans le magasin. On examina le travail, on vérifia le nombre de pièces, et, le compte de l'ouvrière établi, la jeune fille passa à la caisse. Au bout d'un quart d'heure, elle rejoignait Germaine sur le trottoir.

— Je lis dans vos yeux que ça s'est bien passé, dit la petite modiste. Tant mieux. Alors, maintenant, nous allons boulevard Saint-Germain ?

— Oui, Mademoiselle Germaine : *A la Corbeille*. Connaissez-vous cette maison ?

— Je vous crois. C'est une fameuse maison qui a une clientèle chic. Alors, vous devez faire un travail épatant, car la camelote, ça ne se vend pas dans cet établissement-là.

— Quel tramway prenons-nous ? demanda Sabine

— Oh ! mais on peut aller à pattes, se récria l'apprentie, ce n'est pas loin, et nous n'avons plus que ce carton qui ne pèse guère.

La circulation était active par cette fin d'après-midi ensoleillée. Les marronniers du boulevard étalaient leur verdure fraîche et leurs grappes de fleurs si éphémères au-dessus de la foule. Aux carrefours, les rayons obliques du soleil jetaient une plus vive lumière avec un poudroiement d'or. La Seine miroitait entre les quais pleins de mouvement et de vie ; son eau changeante se moirait des sillages des bateaux ; les ponts la coupaient de lignes sombres jusqu'à perte de vue.

— Comme c'est beau, Paris ! s'exclama Germaine. Quel plaisir de circuler dans cette foule, de voir défiler tous ces visages, de contempler tant de jolies choses. Cela me grise et me rend joyeuse. Mon Dieu ! Que je plains ceux qui vivent ailleurs. Loin de Paris, je mourrais.

— On peut être heureux et gai partout, repartit Sabine qu'amusait l'enthousiasme de sa compagne, son esprit vif et original. Paris est vraiment beau ; pourtant, je vous l'avoue, ce bruit finit par me lasser. Ce mouvement perpétuel me donne le vertige, et je songe avec regret à la campagne où je suis née, où j'ai vécu si longtemps.

— Vous n'êtes pas née à Paris ? Vous avez habité la province?

— Il y a six mois à peine que j'habite Paris. Auparavant, je vivais en Normandie, et je n'oublierai jamais mon village natal, si petit mais si charmant, et où j'ai été si longtemps heureuse.

— Oh ! Est-ce possible ! répétait Germaine, un village, avec des maisons basses, laides et sales, des paysans en sabots, des bonnes femmes en coiffes et parlant patois !

— Nos villages normands sont parfois très jolis, et nos campagnes ont un grand charme, je vous assure.

Mais Germaine examinait Sabine de la tête aux pieds et souriait d'un air incrédule.

— Pourquoi ne me croyez-vous pas ? interrogea la jeune brodeuse. Vous trouvez étonnant que, née à la campagne, je ne porte ni sabots ni coiffe et que je ne parle pas patois ?

— C'est que vous ressemblez tellement à une Parisienne, à une Parisienne du grand monde, et vos sœurs aussi ! déclara Germaine, très sincère et sans aucune intention de flatterie. Aussi je m'étais fourré cette idée dans la tête que vous étiez née à Paris. Mais je bavarde trop. Cela ne vous fâche pas, toutes les bêtises que je débite ?

— Pas du tout, protesta Sabine qui s'égayait, au contraire, du babillage de sa compagne. J'aime votre sincérité.

— Vous êtes indulgente. Vous comprenez aussi que j'ai un peu besoin de parler. Voilà huit jours que je ne vais pas à l'atelier, que je ne vois pas mes camarades ; ma langue est en pénitence ; elle se rouillerait si ça devait durer encore longtemps. Et elle prend sa revanche ce soir. Mais, pour en revenir à Paris, vous verrez, vous finirez par l'aimer quand vous serez habituée.

Les jeunes filles débouchaient sur la place du Châtelet. La vue du théâtre changea tout à coup le cours des idées de Germaine.

— Ah ! Mademoiselle Précourt, que voilà un édifice où je voudrais bien entrer souvent ! D'ailleurs, tous les théâtres me font envie, les petits, les grands, ça m'est égal. Je suis venue au Châtelet l'année dernière, à la représentation gratuite du 14 juillet. Que c'était beau et amusant ! Pendant plus de quinze jours j'en ai rêvé, je ne pensais qu'à ça. J'en ai eu des distractions à l'atelier ! La patronne s'emballait après moi, elle voulait me flanquer à la porte. Enfin, je me suis calmée, elle aussi. Et vous, Mademoiselle, aimez-vous le théâtre ?

— J'éprouverais sans doute du plaisir à voir jouer de belles pièces, à écouter de bonne musique. Mais je ne suis encore jamais allée au théâtre, ni à Paris ni ailleurs.

— Est-ce possible ? Et vous ne mourez pas d'envie d'y aller ?

— Je ne meurs pas d'envie d'y aller, affirma Sabine, paisiblement souriante.

Cette fois, Germaine suffoqua de surprise. Elle s'arrêta tout net sur le trottoir.

Mais l'arrêt brusque de la midinette entraînait une conséquence imprévue. A cet endroit où la circulation était intense, le trottoir était encombré. Un monsieur qui, d'une allure rapide, s'avançait derrière les jeunes filles, avait été surpris par l'arrêt subit de Germaine, un choc s'était produit, et s'il n'avait eu la présence d'esprit d'étendre les bras et de recevoir la jeune étourdie, Germaine aurait, selon sa pittoresque expression, montré ses semelles aux nuages.

Aussitôt raffermie sur ses pieds, elle se retournait à demi pour adresser un mot d'excuse au passant bousculé, mais celui-ci prévenait le geste et les paroles de la fillette et disait, indulgent, avec une intention de galanterie :

— Je vous remercie, Mademoiselle.

— Oh ! c'est gentil, ça !..... Mais vous ne me devez rien;

Monsieur, je ne l'ai pas fait exprès ! ripostait Germaine de son ton le plus gamin.

Sabine, rouge de confusion, était devenue grave.

— Vraiment, Mademoiselle Germaine, dit-elle au bout d'un instant, comment pouvez-vous répondre avec ce sans-gêne à un inconnu et en pleine foule ! On nous a regardées.

— Eh bien ! tant mieux. Nous sommes, ma foi ! très gentilles à voir, et je ne vois pas pourquoi les badauds s'en priveraient, si ça leur fait plaisir. Pour moi, ça ne me fait aucune peine.

Et comme Sabine pressait le pas et gardait le silence, Germaine demanda, un peu inquiète :

— Vous trouvez donc inconvenante ma réponse à cet aimable passant ? J'en suis fâchée alors, car je n'avais pas cette intention, mais ç'a été plus fort que moi, je n'ai pas pris le temps de réfléchir.

— Voilà justement, expliqua Sabine, ce qui est malheureux et imprudent. Faute de réflexion, on s'expose à de fâcheuses mésaventures, on se fait remarquer, on peut s'attirer des remontrances.

— Bon, voilà que vous parlez tout à fait comme M. François. Lui aussi me reproche mon bavardage, mon étourderie..... Mais, à propos..... Vous me dites tout le temps Mlle Germaine par ci, Mlle Germaine par là. Voulez-vous m'appeler Germaine, tout court, sans mademoiselle. Ça me fera plaisir. Ce sera encore comme M. François, et vous pourrez, comme lui, me faire des sermons, car vous êtes plus raisonnable et meilleure que moi, je le vois bien. Alors, si on me fait de la morale de tous les côtés, j'arriverai peut-être à me corriger. Mais j'ai tant de défauts, ce sera bien difficile.

— Vous y mettrez toute la bonne volonté dont vous êtes capable, Germaine. Et puis, enfin, vous avez aussi quelques qualités ; c'en est une grande de convenir de ses imperfections et de désirer s'amender. Qui est-ce, M. François qui voudrait vous voir parfaite ?

— C'est votre voisin, M. Landry. Ne le connaissez-vous pas ?

— Je le connais de vue. Je le rencontre parfois dans la maison, en allant et venant.

— C'est le meilleur des hommes, déclara Germaine avec conviction. Si vous saviez comme nous l'aimons, mon frère Louis et moi. Ils travaillent tous deux aux usines Rollez, à Saint-Ouen. Seulement Louis n'est qu'un simple ouvrier, pas très habile encore, tandis que M. Landry est très savant. Il dirige le montage de machines très compliquées, et le reste du temps il dessine, il étudie. Louis croit qu'il finira par inventer quelque chose. M. Pierre Rollez, l'un des directeurs, est autant son ami que son patron. Et Mme Landry, sa mère, quelle personne excellente, généreuse !..... Mais nous voici arrivées.

— Vous allez encore admirer un bel étalage pour passer le temps, Germaine, à moins que vous ne préfériez entrer dans le magasin. Peut-être tarderai-je un peu plus que tout à l'heure, car on va me donner d'autre travail en échange de celui que j'apporte.

— Ne vous inquiétez pas de moi, Mademoiselle Précourt. Je vous attendrai avec patience et je serai sérieuse, pas étourdie pour deux liards, je vous le promets.

Sabine s'engouffra dans le vaste hall rempli d'une foule élégante, et Germaine s'absorba dans la contemplation de merveilleuses broderies, de fines dentelles, qu'un savant étalage mettait en valeur.

— Il commence à se faire tard, dit Sabine lorsqu'elle rejoignit sa compagne, nous prendrons le tramway.

— Mademoiselle, en voici un qui nous mettra boulevard Haussmann.

Sabine avait hâte de rentrer. Elle pensait à Servane souffrante, qui peut-être s'alarmait en son absence. A peine écoutait-elle maintenant le bavardage de Germaine.

Du boulevard Haussmann, elles suivirent à pied la rue de Provence. Comme elles passaient devant un kiosque à journaux, la petite modiste s'arrêta.

— Mademoiselle Précourt, voulez-vous m'attendre une minute, le temps d'acheter mes livraisons pour demain. Comme ça, je ne m'ennuierai pas trop à la maison.

La marchande remit à sa cliente une publication grossièrement illustrée. D'un coup d'œil, rien qu'au titre et à la vue de quelques gravures, Sabine devina un de ces romans extravagants et malsains qui attirent les lecteurs en flattant leurs instincts les plus vils et les plus pervers.

— Oh ! Germaine, votre mère vous permet-elle cette lecture?

— Vous croyez donc que maman a le temps de s'occuper de ce que je lis. Elle a bien autre chose à faire avec le soin de toute la maison pendant que le père est à son travail. Et d'ailleurs, ce n'est pas aussi mal que vous le supposez, ces romans-là. C'est quelquefois un peu leste, voilà tout, et cela fait rire. Mais, je vous l'assure bien, ce n'est pas ça qui peut empêcher de rester une honnête fille.

— Vous n'en savez rien, Germaine, et vous conviendrez avec moi que ces lectures ne vous apprennent rien de bon, rien d'utile. Est-ce que cela vous inspire de bonnes pensées, de bons sentiments ? Pas du tout, et sans vous en douter, des idées fausses et dangereuses pénètrent votre esprit ; peu à peu le mal ne vous choquera plus. Dites-moi, si les héroïnes de ces romans venaient vous proposer de devenir leur amie, n'auriez-vous pas peur de leur exemple, de leur influence ? Si vous étiez leur sœur, en seriez-vous flattée? Non, n'est-ce pas? Vous en rougiriez plutôt. Et pourtant vous vous délectez au récit de leurs vices, de leurs crimes peut-être, que l'écrivain dépeint avec complaisance.

— C'est pourtant vrai, ce que vous me dites là, et je le savais déjà. Mme Landry m'avait parlé dans les mêmes termes que vous. Et je ne l'ai pas écoutée, je lui ai désobéi ; je la trouvais trop sévère. Et puis je ne croyais pas mal faire, toutes mes camarades d'atelier en achètent, de ces journaux, et de pires encore.

— Elles n'ont peut-être personne pour les guider, pour les conseiller ; elles ne savent pas le mal qu'elles se font. Mais vous, Germaine, vous recevez de bons avis, et vous avez, je le vois bien, un grand fonds de droiture et d'honnêteté. Si vous aimez à lire, je vous prêterai avec plaisir quelques-uns de mes livres, je suis sûre qu'ils vous intéresseront beaucoup. Mais vous n'ouvrirez pas ce mauvais recueil, n'est-ce pas ?

— Non, vraiment, déclara Germaine.

— Merci de votre promesse, continua Sabine avec cet accent d'affectueuse douceur qui la rendait si charmante. Je vous connais à peine, Germaine, mais j'éprouve déjà pour vous une réelle sympathie. Et je crois vous en donner la preuve en vous répétant les conseils que mes grandes sœurs, si bonnes et si sages, m'ont prodigués à moi-même.

— Et moi, Mademoiselle Précourt, pour vous remercier de votre amitié, je vous promets de n'en plus acheter jamais, jamais, de ces livraisons..... Quant à celles-ci, tenez, voilà ce que j'en fais.

D'un geste rapide, Germaine déchira en plusieurs morceaux les journaux qu'elle venait d'acheter et les jeta au vent.

— Bravo! Germaine, votre action est aussi prompte que courageuse.

Les deux jeunes filles franchissaient le seuil de la maison. Au pied de l'escalier, avant de se séparer de sa compagne, Sabine recommanda :

— Venez chez moi demain matin sans faute. Je vous remettrai le livre que je vous ai promis.

— Merci ; au revoir, Mademoiselle.

— A demain, Germaine. Je vous dois moi-même un grand merci pour le service que vous m'avez rendu ce soir.

Servane sommeillait dans son fauteuil, près de la fenêtre ouverte, quand Sabine rentra. Le bruit léger des pas de sa sœur réveilla la dormeuse.

— Ah ! dit-elle, j'ai vraiment bien employé mon temps ; ces heures de sommeil ont dissipé mon mal de tête. Mais toi, ma petite sœur, n'as-tu pas eu une peine énorme ? Tu dois être lasse.

— Pas du tout, je t'assure, grâce à une assistance imprévue.

Sabine raconta comment le concours de Germaine lui avait épargné une partie de l'ennui et de la fatigue qu'elle redoutait. Elle fit le récit complet des menus incidents de la route, sans oublier les gamineries et la conversation de la petite modiste.

— Je n'ai pas osé lui offrir de l'argent pour sa peine, conclut Sabine ; je crois que je l'aurais blessée ; mais je lui ai proposé de lui prêter quelques-uns de mes livres. Ai-je eu tort ?

— Non, non, tu as bien fait. Il ne faut jamais laisser passer l'occasion d'accomplir une bonne action. Et c'en est une que de semer quelques bons principes dans l'âme de cette enfant, trop peu surveillée sans doute. J'ai souvent pensé, continua Servane, surtout depuis que nous habitons Paris, au sort de ces enfants de travailleurs. Combien de braves gens, très honnêtes, très vertueux, mais absorbés par des travaux et des soucis quotidiens, ne peuvent entourer leurs fils, leurs filles, d'une sollicitude suffisante pour les soustraire aux dangers qui les guettent dans la rue, à l'atelier. Une bonne parole dite à propos, un conseil amical, une saine lecture peuvent combattre dans de jeunes esprits l'influence d'un spectacle immoral, d'une camarade dévoyée, de paradoxes dangereux lus ou entendus ici et là. Nous prêterons donc à cette petite Germaine des livres qu'elle lira avec plaisir et profit, et nous saisirons toute occasion de lui donner quelques bons avis. Pour le moment, si nous nous mettions à table ? Il est tard, et la course doit t'avoir aiguisé l'appétit.

— J'ai toujours bon appétit, ma pauvre Servane, ce qui est plutôt désolant. Je compte pour deux, sous ce rapport, dans notre budget. Si je pouvais jeûner pendant quelque temps, nous ferions de sérieuses économies.

— Ma chère petite, dit gaiement la sœur aînée, si tu savais combien je suis heureuse de constater que l'air de Paris et la vie sédentaire que nous menons n'exercent pas sur toi leurs fâcheux effets. Tu es restée une vraie fille des champs, et cela me rassure de te voir manger à belles dents mes tartines. Ne me prive pas de ce plaisir : tu fais des économies de force et de bonne santé, ce sont les meilleures.

IX

Le lendemain, après le déjeuner, Madeleine arrivait rue de Provence.

La pluie tombait depuis le matin, et les trois sœurs renonçaient à leur promenade dominicale de l'après-midi.

Groupées dans leur chambre, elles causaient.

— Voyons, Madeleine, disait Sabine, il y avait dîner et soirée, hier, chez le commandant ; parle-nous donc de cette réunion.

Madeleine s'exécutait gaiement.

Après avoir accepté à contre-cœur l'invitation de Mme Méautier, elle convenait qu'une impression agréable lui restait de cette fête. Elle évoquait surtout avec plaisir le souvenir d'une partie musicale intercalée entre les danses. Parmi les invités, quelques virtuoses avaient charmé leur auditoire.

— Et toi, Madeleine, tu as chanté aussi ? Alors tu as eu ta part de succès.

— J'aurais dû peut-être, fit Madeleine, m'en tenir au rôle d'auditrice ; j'étais bien résolue à ne pas attirer sur moi l'attention, mais la tentation a été trop forte. Chanter a toujours été pour moi un plaisir, un grand plaisir. Et puis la requête de Mme Méautier était formulée si gentiment ! Je ne pouvais me récuser sans blesser une personne, j'allais dire une amie, si parfaite pour moi.

— Mais tu as bien fait de consentir, ma chère. N'est-ce pas, Servane ?

La sœur aînée approuva :

— Tu as un vrai talent, Madeleine. Pourquoi t'en cacherais-tu ? Pourquoi te priverais-tu d'une satisfaction très légitime ? Quels morceaux as-tu choisis ?

— Deux morceaux : la Vieille Chanson allemande de Carl Bohm et le Nocturne de Fauré !

— Ce sont deux jolies pièces qui conviennent si bien à ta voix. Tu nous les chanteras tantôt, veux-tu ? Il y a si longtemps que nous ne t'avons entendue !..... Et alors, les dilettanti qui se trouvaient parmi les invités ont été sous le charme? Tu as été applaudie, tu as eu un immense succès?

— Je crois que j'ai fait plaisir, et l'on m'a complimentée, en effet. D'ailleurs, j'étais en voix hier soir. Rarement, je le crois, j'ai aussi bien chanté. J'avais pour l'accompagnement l'excellent Erard de Mme Méautier. Quels beaux sons, quels effets on peut tirer d'un pareil instrument. Oh! j'ai aussitôt oublié tout ce qui m'entourait. J'ai été prise, empoignée et si complètement heureuse!

— Et tes auditeurs aussi, déclara Sabine qui demeura ensuite un long moment silencieuse, plongée dans de profondes réflexions.

— A quoi penses-tu? lui demanda sa sœur au bout d'un instant.

— Je pense, Madeleine, que cette maison où tu comptes déjà de vrais amis te portera bonheur. Un jour ou l'autre, tu rencontreras parmi les commensaux de cette famille quelqu'un qui sera digne de toi, qui appréciera tes talents, ta beauté. Tu seras aimée, tu te marieras, tu auras tout le bonheur que tu mérites!

— Oh! Sabine, Sabine, que tu es romanesque! répliqua Madeleine en riant. Mais tu oublies dans cette énumération de perfections, très flatteuse pour moi, la plus importante, et qui précisément me manque : la dot. Les filles sans fortune ne trouvent guère d'épouseurs, crois-le bien. Il y a donc des chances pour que le beau-frère que tu attends te soit longtemps encore, sinon toujours refusé.

A ce moment, le timbre de la porte d'entrée résonna. Sabine alla ouvrir ; elle devinait sa compagne de la veille, la fille de la concierge.

C'était Germaine, en effet.

La bienveillance de Servane et de Madeleine apprivoisa très vite la petite apprentie, d'ailleurs peu timide de son naturel.

Servane l'observait, cherchait à pénétrer cette jeune âme. Germaine, avec son esprit vif et spontané, sa nature franche et droite, se livrait sans arrière-pensée, découvrait naïvement ses faiblesses, ses instincts, ses aspirations.

En possession d'un livre qu'on lui affirmait très intéressant, la fillette remerciait avec volubilité ses nouvelles amies qui lui inspiraient une enthousiaste et respectueuse admiration.

— Souvenez-vous, Germaine, ajouta Sabine aux recommandations de Servane, que je vous échangerai ce livre contre un autre dès que vous l'aurez lu.

Germaine s'en allait ravie, après un dernier merci.

— Cette petite est gentille, dit Madeleine, quand la porte se fut refermée sur la midinette. Son esprit original me plaît quoiqu'il s'exerce à tort et à travers. Quel singulier mélange de hardiesse, d'étourderie et de bonne volonté ! Elle a évidemment quelques bons principes, mais elle semble ballottée entre des influences contraires, l'influence d'une famille honnête sans doute et celle des compagnes d'atelier plus ou moins dévergondées.

— Je la crois trop peu surveillée ; sa mère la reprend rarement, et pour la forme, convaincue qu'avec un bon cœur on ne se perd jamais. C'est ce que j'ai déduit de notre conversation d'hier, expliqua Sabine. Cela choque particulièrement Mme Landry et même son fils, qui, au dire de Germaine, s'intéressent à elle et lui donnent souvent de bons conseils qu'elle n'écoute guère, d'ailleurs. Et c'est vrai, pourtant, c'est un bon petit cœur.

— Cela ne fait aucun doute ; je l'ai jugée ainsi, reprit Madeleine. Tu parlais tout à l'heure de cœurs à conquérir, Sabine. Est-ce que nous ne venons pas de gagner en peu d'instants celui de cette enfant ? Voilà une conquête qui en vaut bien une autre.

— Il y a là surtout l'occasion d'une bonne œuvre à accomplir, dit Servane. Cette fillette paraît toute disposée, non seulement à nous aimer, mais à nous écouter avec une confiance absolue. Nous pouvons, rien qu'en lui témoignant un peu d'intérêt et d'affection, en lui donnant quelques conseils, en lui apprenant à discerner le bien du mal, exercer sur elle une influence des plus salutaires, travailler même à son bonheur. La tâche ne vous tente-t-elle pas ?

— Certes ! acquiesça Madeleine. C'est même à peu près la seule charité qui nous soit permise. Nous avons si peu d'argent à consacrer au soulagement des misères matérielles. Mais les misères morales ne manquent pas non plus. Je m'intéresse décidément à cette petite âme désordonnée ; je vous aiderai, autant que je le pourrai, à défricher ce champ inculte, à y jeter la bonne semence.

X

Germaine n'eut garde d'oublier la promesse qu'on lui avait faite. Le dimanche suivant, elle attendait avec impatience le moment de sa seconde visite aux demoiselles Précourt.

Quoiqu'elle eût repris le travail au commencement de la semaine, elle avait trouvé le temps de lire et de relire le livre qu'on lui avait prêté, et elle désirait en faire l'échange. Aussi à peine Servane et ses sœurs avaient-elles enlevé leurs chapeaux au retour de leur promenade, que Germaine s'annonçait par un coup discret à la porte de l'appartement.

— Eh bien ! Germaine, demanda Servane, ce livre vous a-t-il intéressée ?

— Oh ! oui, Mademoiselle. Je l'ai lu avec beaucoup d'attention, comme vous me l'aviez recommandé, et je l'ai trouvé joli, joli d'un bout à l'autre.

Servane sourit de l'enthousiasme de la petite dont les yeux brillaient, dont les gestes soulignaient les paroles.

— Oh ! Je suis bien contente de vous connaître, continuait la jeune apprentie. Vous êtes si bonnes pour moi. Mais savez-vous qui est encore plus content de l'intérêt que vous me portez ? C'est Mme Landry et son fils.

— Nos voisins ? interrogea Servane.

— Oui, Mademoiselle. M. et Mme Landry m'ont connue toute petite, ils s'intéressent à moi. Lorsqu'il m'arrive quelque chose d'heureux, ça leur fait plaisir. Je leur ai raconté combien Mlle Sabine a été gentille avec moi l'autre soir, sans me connaître, comme elle m'a donné de bons conseils, les mêmes que M. et Mme Landry m'ont répétés déjà bien souvent et dont j'ai si mal profité. Alors ils m'ont recommandé de vous écouter, de vous obéir. Je ne demande pas mieux, mais je suis si écervelée !

— Avec un peu de bonne volonté, Germaine, vous ne manquerez pas de faire des progrès.

— Ah ! Je voudrais tant leur prouver, à mes bienfaiteurs et à vous aussi, que je ne suis ni ingrate ni méchante ! Car je leur dois beaucoup, je leur dois tout. Sans eux, maman, c'est-à-dire Mme Vallette — puisque ma pauvre vraie maman est morte, — Mme Vallette n'aurait pas pu me garder, on m'aurait confiée à l'Assistance publique, et qu'est-ce que je serais devenue aujourd'hui, toute seule au monde ?

— Comment ! s'exclama Sabine, Mme Vallette n'est pas votre mère ?

— Non, Mademoiselle ; j'étais pour elle une petite inconnue lorsqu'elle m'a recueillie par hasard, ne songeant pas alors à me garder tout à fait. Et maintenant elle me traite comme si j'étais sa fille. Moi, je l'aime de tout mon cœur ; j'aime son brave homme de mari qui me gâte tant qu'il peut ; j'aime leurs enfants, surtout l'aîné, Louis, le meilleur garçon du monde. Oh ! Comme c'est étrange, la vie, n'est-ce pas ? Comme un petit fait de rien du tout peut être important dans ses conséquences ! J'en sais quelque chose. La pauvre gamine que j'étais il y a douze ans a eu de la chance de suivre sur le trottoir un tout petit chat qui trottinait devant elle. Vous connaissez la veille chatte qui se tient toujours à l'entrée de la loge et que j'appelle Porte-Bonheur ? Eh bien ! Elle a joué son rôle dans ma vie, et je vous assure qu'elle n'a pas volé son nom. Voulez-vous que je vous raconte cete histoire-là ?

— Oui, oui, Germaine ; nous vous écouterons avec plaisir.

— Et moi j'en serai bien contente. Je veux que vous me connaissiez tout à fait et surtout que vous sachiez ce que je dois à mes bienfaiteurs et à mes parents adoptifs.

Germaine était très fière de se voir l'objet de l'attention générale ; les mains croisées sur ses genoux, les yeux brillants, la figure soudain sérieuse, ce n'était plus la gamine enjouée et sans souci. L'évocation de son passé d'enfant transformait sa physionomie mobile et jusqu'au son de sa voix.

— J'avais presque trois ans, commença-t-elle. J'étais grosse comme deux liards de beurre, maigre et pâle à faire pitié. Mon père était mort depuis plus d'un mois et ma mère était à son tour très malade. Nous habitions dans la maison d'en face une petite mansarde au sixième, dont on aperçoit ici la lucarne. On avait été heureux auparavant, car mes parents s'entendaient si bien, et mon père, qui était typographe, gagnait de bonnes journées. Mais depuis qu'il n'était plus là, c'était le chagrin et la misère. Ma mère ne pouvait plus se lever. Je restais des heures entières près de son lit sans bouger, car le bruit lui faisait mal. Des voisines entraient de temps en temps pour lui donner des soins et me faire manger. Je ne sais pas trop comment nous vivions : de la charité de nos voisins, sans doute, car les petites économies du ménage avaient dû s'épuiser bien vite. Il est certain que nous étions entourées de braves gens, qui avaient pitié de notre détresse..... Quelquefois, ennuyée de rester immobile et sage si longtemps, je pleurais ; alors ma pauvre maman me faisait un signe et je m'en allais jouer dans l'escalier. Là je trouvais presque toujours des petits camarades qui m'entraînaient dans la cour, et j'oubliais mon chagrin, je jouais de bon cœur. Maman était contente de me voir rentrer le soir, joyeuse comme un petit pierrot. C'était ainsi à peu près tous les jours, depuis un mois. Un matin, ma mère se trouva si mal, qu'après m'avoir habillée, elle perdit connaissance. Moi j'étais trop petite pour m'en effrayer ; je l'avais si souvent vue dormir toute pâle et respirant à peine ; je crus qu'elle sommeillait encore. Je m'en allai à la fenêtre en attendant qu'une de nos voisines vînt m'apporter le pain de mon déjeuner. Une brave femme entra, en effet, mais aussitôt elle redescendait en hâte et ramenait la concierge. Toutes deux, après avoir ranimé maman, se mirent à parler à voix basse de choses que je ne comprenais pas. J'entendais le mot d'hôpital revenir sans cesse dans leur conversation, à laquelle d'ailleurs je ne m'intéressais guère. Je mangeais ma tartine comme une affamée que j'étais. Enfin notre voisine me poussa dehors. « Va jouer dans la cour », me dit-elle. Je ne me fis pas répéter l'invitation ; j'étais contente de sortir de la chambre qui me paraissait encore plus triste que les autres jours.

— Pauvre petite ! murmura Madeleine, apitoyée. Pauvre mère ! Et ces détresses sont fréquentes dans ce Paris qui paraît si joyeux, si brillant !

Sabine ne disait rien ; elle écoutait, les yeux humides de larmes contenues, le récit de Germaine.

— Dans la cour, reprit la petite modiste, je ne rencontrai pas mes compagnons habituels, ce qui me fâcha beaucoup. Alors l'idée me vint d'aller jusqu'à la porte du couloir pour regarder le mouvement de la rue ; puis je fis quelques pas sur le trottoir. De l'autre côté il y avait une boutique de rôtisseur ; j'apercevais le reflet de la flamme devant les broches, ce devait être joli à voir de plus près. Je traversai la rue. Je n'étais pas la seule que ce spectacle attirait ; à quelques pas de moi, un petit chat reniflait la bonne odeur de volaille rôtie. « Oh ! le mignon petit chat ! me disais-je, si je pouvais l'attraper ! » Mais, au moment où je me baissais pour le saisir, il file de toute la vitesse de ses pattes, et je me mets à courir après lui jusqu'au moment où il disparaît dans le corridor de cette maison. J'y entre après lui. Mme Vallette y était concierge et le petit chat lui appartenait. Rassuré de se sentir chez lui, il se laisse caresser, et bientôt nous nous amusons ensemble comme deux vieux amis. Pendant ce temps, une voiture emportait à l'hôpital ma mère mourante et les voisines me cherchaient de tous côtés. Mme Vallette, en sortant de la loge, m'aperçoit sur les premières marches de l'escalier ; elle me questionne, mais ce que je lui réponds ne lui apprend pas grand'chose ; alors elle s'avance avec moi sur le trottoir. Une femme du quartier me reconnaît et la met au courant de ce qui s'est passé pendant mon escapade. « Ma foi, dit Mme Vallette tout émue, la petite est entrée chez moi, je ne la renverrai pas sans lui donner à dîner, pauvre mioche ! » Elle me donne à manger, me débarbouille, me dorlote, mais quand elle parle de me reconduire dans notre mansarde où j'ai bien compris que je ne retrouverai pas ma pauvre maman, je me mets à pleurer et je me cramponne à son tablier : « Mon Dieu ! disait la brave femme, cela me fait gros cœur de la voir pleurer comme ça, cette gosse. Pourtant il est l'heure de la mettre au lit et il faut bien attendre jusqu'à demain pour la mener à l'Assistance publique ». Elle me promet que maman reviendra bientôt si je suis sage, mais devant mes larmes qui coulent toujours, elle se décide à me garder pour la nuit. Le lendemain matin, ma protectrice apprenait de la voisine qui avait accompagné ma mère à l'hôpital que la pauvre femme était morte peu d'instants après son admission. Je venais de m'éveiller et j'accourais en chemise, pour embrasser ma bonne amie que j'aimais déjà de tout mon cœur et je lui réclamais maman. « Si tu es sage, tu la reverras », me répondait-elle. Et elle ajoutait : « Est-elle gentille ! J'ai du plaisir à voir une petite poupée comme ça au milieu de mes garçons. Ah ! que je voudrais être riche, je la garderais ! » La journée passa sans qu'il fût question de mon départ. Maman Vallette soupirait en me regardant et elle avait avec Mme Landry, qui habitait la maison depuis quelque temps, de longs conciliabules. Pour finir, mon adoption par la famille Vallette fut chose décidée, car Mme Landry voulait être de moitié dans cette bonne action, et s'engageait à aider mes parents adoptifs. Mme Landry me comble encore de bontés ; c'est M. François qui paye mon apprentissage et qui a fait entrer Louis, l'aîné de mes frères, chez MM. Rollez. Voilà mon histoire, dit Germaine. Mais que je suis donc bête de vous avoir raconté ça, Mlle Sabine est toute triste à présent.

— Votre récit m'a émue, Germaine, mais ne le regrettez pas. J'admire la conduite de vos parents adoptifs, leur générosité et celle de vos amis. C'est très beau, ce qu'ils ont fait et font encore pour vous. Je vois avec plaisir que vous l'appréciez, et, par là, vous méritez l'intérêt, l'affection qu'on vous porte.

— Maintenant que nous vous connaissons si bien, Germaine, dit à son tour Servane, j'espère que vous continuerez à nous considérer aussi comme vos amies. Nous en serons très heureuses.

— Et moi davantage encore. Et vous verrez, je vous obéirai, je vous aimerai bien.

Germaine prit congé. Servane et ses sœurs prolongèrent encore quelques instants leur conversation ; elles réfléchissaient au bien qu'elles aussi pouvaient faire à cette enfant. Jeter dans l'âme de cette future femme, future mère de famille peut-être, des semences de vertu, des idées de devoir, fortifier par l'exemple et les leçons une piété superficielle et chancelante et lui montrer la voie, la seule voie qui conduise au bonheur, même ici-bas, n'était-ce pas une tâche digne de quelques efforts ?

Madeleine quitta enfin ses sœurs pour retourner chez Mme Méautier. Sur le carré, elle se trouva de nouveau face à face avec l'apprentie qui, sortant de l'appartement de Mme Landry, venait de rencontrer le fils de cette dernière qui rentrait chez lui. Il fallait qu'il admirât aussi le livre prêté à Germaine ; il accédait d'ailleurs avec complaisance au désir de la fillette.

Encore sous le coup de l'émotion causée par son récit de tout à l'heure autant que joyeuse de l'affection de ses nouvelles amies, Germaine paraissait fort surexcitée.

Lorsqu'elle aperçut Madeleine, et avant même que la jeune fille eût compris son intention, elle saisit la main de M. Landry et l'entraîna vers l'institutrice.

— Mademoiselle Précourt, dit-elle avec une gravité soudaine, vous qui me portez aussi tant d'intérêt, laissez-moi vous présenter M. Landry, à qui je devrai de gagner honnêtement ma vie.

Madeleine, surprise, répondait par une légère inclination de tête au salut respectueux de François qui disait :

— Croyez, Mademoiselle, que je suis sensible à l'honneur de cette présentation. Mais n'ajoutez pas une foi entière aux bavardages de cette petite ; elle exagère les mérites de ses vieux amis.

— Oh ! par exemple ! protesta Germaine en se redressant dans un mouvement d'indignation. Je mens, peut-être ? Dieu merci, je n'ai pas ce défaut-là, j'en ai bien assez d'autres. J'ai dit la vérité quand j'ai raconté à Mlle Précourt et à ses sœurs les bontés que vous avez pour moi, vous et Mme Landry. Allons, ne me faites pas vos yeux sévères, ils ne me font pas peur du tout. Oui, je suis entourée de bons amis, à commencer par vous, Monsieur François, et à finir par vous, Mademoiselle.

En disant ces mots et prompte comme la pensée, la fillette s'emparait de la main de Madeleine et de celle de M. Landry, et cédant à une impulsion de sa nature ardente et spontanée, elle les unissait sous ses lèvres en un geste de ferveur.

Cette démonstration avait été si imprévue et si rapide que ni Madeleine ni François n'avaient pu s'y soustraire. Mais Madeleine, contrariée, avait froncé ses fins sourcils et retiré brusquement sa main en reculant d'un pas comme pour se dérober à toute autre manifestation importune.

Une boutade non moins imprévue de Germaine faisait aussitôt diversion. L'apprentie bondissait vers l'escalier, se penchait sur la rampe, regardait autour d'elle sur le vaste carré déjà assombri et s'écriait de son ton de gavroche :

— Heureusement, l'escalier est désert, pas d'indiscrets à craindre. Oh ! la, la ! j'en serais vexée, bien sûr, si l'on nous avait surpris. Je n'aime pas *qu'on se paye ma tête* quand par hasard je suis sentimentale. On a toujours l'air godiche dans ces moments-là !..... Au revoir, je me sauve.

M. Landry se tournait vers Madeleine qui n'avait pu réprimer un sourire :

— Vous voyez, Mademoiselle, combien est ardue la tâche de faire entrer dans cette cervelle un peu de pondération. Notre protégée est une singulière petite créature qui attire et déconcerte tout à la fois.

— On ne peut contester l'originalité de ce caractère, répliqua Madeleine. Mais, en dépit de ses bizarreries, ou peut-être à cause de cela, cette enfant est intéressante. Elle nous a conquises, mes sœurs et moi.

— J'en suis heureux pour elle. Vos conseils et vos leçons seront sans doute plus efficaces que nos sermons à nous, trop graves et partant trop ennuyeux.

Madeleine esquissa un geste de protestation, salua et, libre enfin, descendit vivement les quatre étages pour regagner le boulevard Beaumarchais avant l'heure du dîner.

XI

Mme Landry se tenait dans son salon, une petite pièce au mobilier très simple, un peu suranné, mais qui offrait dans son agencement, dans la disposition de quelques bibelots bien choisis, le cachet d'une femme de goût sans prétention comme sans vulgarité. A la vue de son fils qui entrait, elle posa sur un guéridon le journal qu'elle lisait et eut une exclamation de joyeuse surprise.

— Je ne t'attendais pas si tôt, dit-elle. Est-ce que tu n'as pas rencontré Gaston ?

— Si, ma chère maman, répondit le jeune homme, nous avons fait un tour de boulevard ensemble, mais il avait une invitation pour ce soir, et je l'ai quitté de bonne heure.

— Alors tu vas dîner avec moi ?

— A moins que tu ne me mettes à la porte, en pénitence, pour t'avoir faussé compagnie depuis ce matin.

— Ce serait me punir moi-même, tu t'en doutes un peu, je crois. Je vais bien vite préparer notre dîner, ce ne sera pas long.

— Laisse-moi t'aider, maman ; donne-moi tes ordres. Le temps de changer de vêtements et je me mets à l'ouvrage. Veux-tu que je dresse le couvert ? Ce ne sera pas la première fois que je m'en acquitte convenablement. Te rappelles-tu quand, à Dommartin, pendant les vacances, j'étais ta petite bonne ? Ce rôle me plaisait, surtout quand, affublé d'un grand tablier qui traînait jusqu'à terre, je m'affairais aux choses du ménage et que tu m'appelais Fanchon.

— Ah ! Je n'ai rien oublié de ce passé, mon enfant ; tu étais déjà toute ma joie et ma consolation.

— Avec accompagnement de quelques sottises sur lesquelles tu fermais les yeux, mère indulgente..... Ah ! J'y pense..... Gaston m'a remis ceci pour toi, dit François en retirant d'une poche de son pardessus un rouleau bien enveloppé ; ce sont deux nouveautés pour piano.

— Oh ! Mais cela me paraît horriblement difficile, dit Mme Landry après avoir jeté les yeux sur les feuillets.

— C'est bien possible ; moi, tu sais, je ne m'y connais guère; je suis un ignorant en musique, quoique je l'aime passionnément. Ringeval m'a dit que c'était intéressant, j'ai accepté ça de confiance.

— Enfin, j'essayerai toujours. Tu me pardonneras mes notes fausses et mes accrocs à la mesure.

— Et puis, tu reprendras ton vieux répertoire si tu le préfères. Tes morceaux d'autrefois me plaisent infiniment.

Mme Landry posa sur le piano d'acajou les feuillets qu'elle venait de déployer et s'en alla vers la cuisine. Moins d'une heure après, le fils et la mère se retrouvaient dans la salle à manger et prenaient place à table.

Sur la nappe blanche, brillaient les cristaux clairs et l'antique argenterie, souvenirs de famille chers à Mme Landry ; au milieu du couvert, une gerbe de lilas dans un vase de grès mêlait ses grappes mauves et sa fraîche verdure. L'abat-jour de porcelaine, revoilé de mousseline vieil or, laissait dans la pénombre le reste de la pièce, et cette ombre discrète ajoutait à l'impression de tranquille intimité des deux convives.

Ils étaient en face l'un de l'autre sous la lumière de la lampe, et ainsi éclataient les contrastes et les ressemblances de leurs visages. Le profil aux contours précis et fermes, accentué et viril chez le fils, était plus fin, plus moelleux chez la mère ; les yeux de Mme Landry, de beaux yeux bruns très doux, très tendres, où s'alliaient la flamme de l'intelligence et le rayonnement d'une exquise bonté, étaient chez son fils plus noirs, plus profonds, plus pénétrants. Le visage de la veuve, encore frais et sans rides, ses cheveux châtain clair où quelques fils d'argent apparaissaient à peine, sa taille petite et svelte, ses mouvements gracieux et vifs, accentuaient un air de jeunesse qui faisaient dire à son fils :

— En nous voyant l'un à côté de l'autre, on doit te prendre pour ma sœur. Et pour un peu, je le croirais moi-même.

— Grand fou ! répondait Mme Landry ; j'ai vingt ans de plus que toi et je pourrais être grand'mère, si tu voulais.

— Oui, je le sais bien, voilà ce qui manque à ton bonheur. Patience, cela viendra peut-être un jour. Il ne faut jurer de rien.

Au cours du repas, Mme Landry racontait l'emploi de son après-midi. Elle était allée à un salut à la paroisse, puis elle avait rendu visite à une vieille amie qui habitait le quartier de Vaugirard ; et pour son plaisir elle avait fait une partie de la route à pied.

Tout en parlant, elle ne se lassait pas de contempler ce grand et robuste garçon à la physionomie intelligente et énergique, dont l'attitude, le geste sobre et jusqu'à la voix brève décelaient à la fois la force physique, la calme possession de soi, la volonté patiente dont il avait déjà donné plus d'une preuve. Ce fils aimé n'avait-il pas tenu et au delà les promesses de son enfance ? N'était-il pas devenu un homme dans la plus belle acception de ce mot, tout en restant son petit, son enfant, par l'affection et la confiance qu'il lui témoignait en toute occasion ?

Maintenant comme autrefois il était sa fierté, le bonheur de sa vie ; il avait été aux jours d'épreuve son espoir et sa consolation.

Mme Landry, née Jeanne Ringeval, était la fille d'un petit usinier de Saint-Denis. A peine âgée de quinze ans, elle avait perdu sa mère, et son père s'était presque aussitôt remarié. La nouvelle Mme Ringeval supportait mal sa belle-fille ; la vie de Jeanne aurait été des plus tristes sans l'affection de sa grand'-mère maternelle, Mme Brisset, chez laquelle elle faisait chaque année un long séjour. La vieille dame, veuve d'un fonctionnaire de l'Etat, habitait Dommartin-sur-Yèvre, dans le département de la Marne. Elle vivait de sa modeste pension, dans une maisonnette qu'elle tenait de ses parents.

Mme Brisset et sa petite-fille se retrouvaient toujours avec joie. Jeanne reportait sur son aïeule toute la tendresse filiale dont son cœur débordait ; elle goûtait près d'elle les charmes d'un intérieur paisible, les agréments de cette jolie campagne aux aspects variés et pittoresques. Enfin, elle trouvait parmi les amis de sa grand'mère des affections vraies qui l'attachaient encore davantage à cet asile, tandis qu'au foyer paternel on la traitait de plus en plus en étrangère, en intruse.

Du second mariage de M. Ringeval un enfant était né, un fils qui prenait dans le cœur du père la place de la fille aînée. Mme Ringeval cultivait avec habileté et excitait cette préférence. Son but secret était d'obtenir que la majeure partie de la fortune de son mari lui échût à elle et à son fils, au détriment de sa belle-fille. Ses plans réussirent. A la mort de M. Ringeval, Jeanne ne recueillit dans la succession paternelle que la petite dot de sa mère.

Cette injustice attrista beaucoup Mme Brisset qui trouva cependant une consolation dans le retour définitif de sa petite-fille auprès d'elle.

Or, peu de temps après son arrivée à Dommartin, Jeanne, qui avait un peu plus de dix-huit ans, fut demandée en mariage. Les parents du jeune homme qui aspirait à sa main étaient d'honnêtes paysans. Pour assurer à leur fils unique une carrière conforme à ses goûts, ils s'étaient imposé de lourds sacrifices. Pierre Landry avait fait de fortes études et se destinait à l'enseignement. Agrégé à sa sortie de l'école de la rue d'Ulm, il venait d'être nommé professeur de mathématiques au lycée de Reims.

Jeanne le connaissait depuis longtemps ; une vive amitié unissait les deux jeunes gens dès leur enfance ; les deux familles se montraient enchantées de ce projet d'union. Le mariage fut décidé et eut lieu quelques mois après.

Lorsque le petit François vint au monde, la joie de tous fut à son comble. Puis vinrent des deuils. Le malheur sembla s'acharner sur la jeune épouse qui perdit successivement son mari et ses beaux-parents. La mort prématurée du professeur laissait Mme Landry dans une situation de fortune des plus précaires. Avec le faible revenu de sa dot, elle devait vivre, élever son fils, pourvoir à son avenir. Par nécessité, elle demeura près de son aïeule, dans la petite maison de Dommartin. La vieille grand'mère devenue infirme, son enfant encore petit se partageaient ses soins et sa sollicitude. Elle porta seule le fardeau des tâches pénibles, des soucis de toutes sortes, se dévoua tout entière à ces deux êtres chers.

En revanche, elle devait recevoir de son fils d'immenses satisfactions.

A dix ans, François, remarquable par sa raison précoce et son intelligence, obtint de l'Etat une bourse d'internat qui lui permit de continuer ses études au lycée de Reims où avait professé son père. Très travailleur, l'enfant méritait les éloges de ses maîtres qui s'accordaient à lui prédire un avenir brillant.

Mais le jeune garçon s'inquiétait des difficultés au milieu desquelles se débattait sa pauvre mère. Pendant les congés, il la voyait sans cesse au travail, s'ingéniant, à force d'économie, à procurer un peu de bien-être à ceux qui lui étaient si chers. Il sentait que son avenir, à lui, était la préoccupation constante de cette mère si vaillante, si dévouée. Et il se promettait de lui venir en aide au plus tôt.

Ses goûts et ses aptitudes le portaient vers l'étude des sciences; le dessin et la mécanique le passionnaient. Riche, il eût préparé son admission à l'Ecole polytechnique ou à l'Ecole centrale. Mais il lui fallut renoncer à ces longues et coûteuses études pour gagner sa vie, pour rendre à sa mère ce qu'elle lui avait prodigué depuis son enfance.

A l'âge où les garçons ne pensent qu'aux jeux et aux puérilités, il méditait ce grave problème. Et, à force d'y penser, il trouva le moyen de concilier à la fois son ardent désir et ses goûts favoris. L'ambition maternelle avait sans doute caressé d'autres rêves, pourtant Mme Landry se laissa convaincre et approuva les projets de son fils.

A quinze ans, François entra donc à l'Ecole des arts et métiers de Châlons ; à dix-huit, il en sortait dans un bon rang et trouvait immédiatement une place de dessinateur à l'usine Rollez frères, constructeurs de machines à Saint-Ouen.

Mme Brisset étant morte une année auparavant, Mme Landry se résolut à quitter Dommartin pour rejoindre son fils à Paris. Elle loua rue de Provence un petit appartement. Et c'est quelque temps après son arrivée dans cette maison qu'elle coopérait si généreusement à l'adoption de Germaine par la famille Vallette.

Il y avait bientôt douze ans de cela. Depuis cette époque, la situation de François s'était encore améliorée. Il possédait l'estime et la confiance de ses patrons et avait vu ses appointements s'élever d'année en année.

Mme Landry vivait, à Paris, très retirée. Cependant, à cause de son fils, elle renoua quelques relations avec d'anciens amis de sa famille. Elle éprouva plaisir et fierté à le leur présenter.

Dans ce petit cercle, François rencontra une jeune fille jolie, élégante et brillante, mais qui, dépourvue de dot et assez difficile dans ses goûts, n'avait pu trouver jusque-là un parti acceptable.

La situation de François et le jeune homme lui-même lui plurent ; plutôt timide et réservé, il lui avait cependant témoigné des égards qui flattaient sa vanité de coquette. Camille Péchard se fit plus aimable, plus séduisante et amena Landry à la demander en mariage. Les fiançailles eurent lieu.

Mais un coup de théâtre se produisit.

M. Péchard fit un gros héritage auquel il ne s'attendait pas. La fortune changea les idées et les sentiments de l'ambitieuse Camille : une dot de trois cent mille francs autorisait quelques exigences, des visées plus hautes. Le petit dessinateur aux appointements de quatre cents francs par mois n'était plus digne de la riche héritière. Elle le fit comprendre à François et, avec une désinvolture incroyable, reprit la parole qu'elle lui avait donnée.

Le coup fut rude pour l'homme confiant et loyal qu'était Landry. Il en ressentit, non seulement un réel chagrin, mais un désenchantement amer. Il se résolut à ne jamais tenter une seconde expérience.

Il se consola dans le travail et l'étude qui demeuraient pour lui un besoin et un plaisir.

Dans la cour de l'immeuble de la rue de Provence, une vaste salle, au rez-de-chaussée, se trouvait vacante. Il la loua, l'aménagea en une pièce moitié bureau, moitié atelier, et dans cette retraite consacra ses loisirs à des calculs, à des recherches qui le passionnaient. Les machines puissantes et compliquées au milieu desquelles il vivait à l'usine, il en connaissait tous les rouages, tous les secrets ; elles avaient pour lui une âme, il les aimait. Mais il rêvait de les voir plus parfaites encore, il s'ingéniait à trouver des perfectionnements à ces merveilleux outils de travail qui sortaient des ateliers de Saint-Ouen. Ses essais, ses expériences étaient pour lui une source toujours renouvelée d'intérêt et de joie.

Mme Landry s'était tout d'abord effrayée de ce surmenage que s'imposait son fils ; mais celui-ci savait si bien la rassurer, la convaincre, qu'elle ne protestait plus. Et, d'ailleurs, ces travaux, diversion salutaire, puis le temps qui efface et apaise, chassaient peu à peu du cœur et de l'esprit du jeune homme le mauvais souvenir.

Un jour, François songerait peut-être de nouveau à fonder une famille et trouverait le bonheur qu'il méritait si bien.

XII

Le dîner en tête à tête de la mère et du fils s'achevait gaiement.

Sitôt la table desservie, François passa au salon, alluma les lampes du piano et s'installa à proximité de l'instrument dans la pose d'un auditeur attentif. La pianiste n'avait aucune prétention à la virtuosité ; elle exécutait avec goût des œuvres de moyenne force pour son plaisir à elle et aussi pour le plaisir de son fils qui aimait à l'entendre.

Mme Landry, après avoir déchiffré sans trop de peine les nouveautés apportées par François, reprit son vieux répertoire, et, sans bruit, le jeune homme se rapprocha de la fenêtre entr'ouverte. Là, enfoncé dans un fauteuil, il suivait du regard la fumée de sa cigarette ; son oreille percevait confusément la mélodie qu'égrenaient les doigts légers sur le vieux piano. Bientôt une profonde rêverie l'absorba.

Sa pensée l'avait ramené vers cette scène du commencement de la soirée où l'espiègle Germaine l'avait présenté à Madeleine Précourt.

Ce n'était pas la première fois qu'il rencontrait cette jolie voisine, seule ou accompagnée de ses sœurs. Il se rappelait le hasard qui lui avait permis de rendre un léger service à la plus jeune, peu de temps après leur arrivée dans la maison. Mais, depuis lors, jamais aucune parole, même la plus banale, n'avait été échangée entre les habitants des deux appartements si rapprochés. Les jeunes filles gardaient une réserve froide qui écartait toute idée de familiarité, même d'amabilité.

Et voilà que, ce soir, grâce à cette gamine de Germaine, la glace était rompue entre l'une d'elles et le jeune mécanicien.

Ce petit événement occupait plus que de raison la pensée de François. Les moindres détails de la scène touchante et comique à la fois, dont Germaine, à ses yeux à lui, n'était pas la plus intéressante héroïne, lui revenaient en mémoire avec fidélité.

Non, ce n'était pas la figure fûtée de sa petite protégée qui dominait en cette vision rétrospective : c'était un visage sérieux et mélancolique, à l'expression un peu hautaine, et malgré cela si attirante.

Comme la démonstration subite de Germaine semblait l'avoir effarouchée, la fière jeune fille ! Elle n'avait pu réprimer un vif mouvement de contrariété, presque de révolte, quand la main de François sous les lèvres de l'enfant avait frôlé la sienne. Puis le visage sévère s'était adouci, elle avait attaché sur la fillette un regard indulgent et affectueux ; et avec une simplicité aimable et digne elle avait répondu aux paroles de son interlocuteur. A ce moment-là surtout François avait subi la séduction de cette grâce discrète et naturelle, et senti s'accroître sa sympathie, excitée déjà par les confidences de la petite modiste. Car, depuis plusieurs semaines, l'apprentie avait prononcé si souvent devant lui ou devant sa mère le nom des demoiselles Précourt, tant vanté leurs talents, leur bonté, qu'il connaissait déjà un peu de leur vie et de leur âme. Sans nul doute, ces jeunes filles avaient reçu une éducation soignée, appartenaient même à un rang social élevé : la distinction de leurs manières, l'élévation de leurs sentiments, leur correction en toutes choses l'indiquait assez. Mais quelque terrible épreuve, un grand deuil auquel s'ajoutait un revers de fortune les avait fait tomber dans cette condition modeste d'ouvrières, réduites à vivre du travail de leurs mains.

Sans protections, semblait-il, sans amitiés, elles vivaient très retirées, mais étroitement unies. Une seule personne était admise d'emblée dans leur intimité, avait franchi le seuil de cet intérieur si fermé, c'était Germaine, la fille adoptive de la concierge, une enfant du peuple, dont les goûts, les manières et les habitudes différaient si complètement des leurs.

Et cette enfant devenait ainsi le trait d'union entre deux familles qui s'ignoraient encore peu de temps auparavant et auraient pu demeurer à jamais étrangères l'une à l'autre. Sympathique presque autant par ses défauts que par ses qualités, Germaine avait tout de suite éveillé l'intérêt des jeunes filles qui allaient, comme Mme Landry et son fils, se vouer à cette tâche difficile : l'éducation de la midinette, conduite à tort et à travers par des parents excellents, mais faibles et imprudents dans leur confiance aveugle en cette gamine.

Et l'idée de cette collaboration causait à François une satisfaction très vive. Son esprit s'attardait sur les avantages, sur le charme imprévu que prenait l'œuvre charitable entreprise par sa mère.

Depuis un instant le dernier accord du piano avait cessé de

résonner, et François gardait sa pose méditative. Mme Landry ferma l'instrument et rangea les cahiers de musique sans que son fils parût s'en apercevoir.

— Te voilà bien silencieux, mon ami, dit-elle sans s'étonner de ce long silence. Je parie que ton cerveau remue des chiffres et que tu es avec tes machines beaucoup plus qu'avec moi.

— Comme tu te trompes, maman. Et le repos hebdomadaire, qu'en fais-tu ? Non, je rêvassais, tout simplement, en fumant, pendant que tu me berces avec tes mélodies.

— Eh bien ! mon enfant, continue de rêver, si tu veux ; moi, je cesse l'accompagnement. Tout dort dans la maison, je vais dormir aussi.

Ils se souhaitèrent le bonsoir ; mais François demeura encore un long moment à regarder les étoiles.

XIII

Mme Landry, par une accablante journée de juin, empilait dans une malle du linge et des vêtements, lorsqu'on sonna à sa porte. A la vibration du timbre, elle reconnut le visiteur et un nom vint sur ses lèvres.

— C'est Gaston.

Mme Landry avait ouvert la porte de l'appartement ; un jeune homme à peu près de l'âge de son fils était entré.

Gaston Ringeval était le demi-frère de Mme Landry. Il n'avait que trois ou quatre années de plus que son neveu François.

Après la mort de son père, Jeanne Ringeval, mariée, mère de famille, n'avait plus revu sa belle-mère. Mais celle-ci, à son lit de mort, inquiète sur le sort de son fils bien-aimé, auquel allait manquer une excessive tendresse maternelle, se ressouvint de sa belle-fille qui venait alors de se fixer à Paris, et dont elle connaissait la générosité de cœur, le dévouement à toutes les nobles tâches.

Mme Ringeval la fit appeler, lui exprima ses regrets tardifs, mais sincères, de sa conduite injuste et dure, et la supplia de se rapprocher de son frère, alors âgé d'une vingtaine d'années, de veiller sur lui, de le guider. Mme Landry comprenait assez, d'après les confidences mêmes de sa belle-mère, combien le caractère de Gaston lui rendrait difficile ce devoir. Elle prit toutefois l'engagement envers Mme Ringeval et envers elle-même de n'y pas faillir.

Le jeune Ringeval, mal élevé, égoïste et jouisseur, avait déjà causé à sa mère plus d'un chagrin. Incapable d'effort, incapable de se plier à aucune discipline, il n'avait réussi en rien. Ses études incomplètes lui interdisaient l'accès d'une foule de carrières et il devait borner son ambition à des emplois médiocres dont il se dégoûtait vite quand les patrons ne se dégoûtaient pas encore plus tôt de sa paresse et de son incurie. Des goûts dispendieux et des habitudes de plaisir le ruinèrent en peu d'années. Cependant, jamais ne lui avaient manqué les conseils affectueux de sa sœur, les encouragements et l'exemple de son neveu. Ces deux êtres, avec une solidarité admirable, tenaient en conscience la promesse faite à Mme Ringeval. Tâche ingrate. Dans la vie de François Landry et de sa mère, Gaston était le gros point noir, le perpétuel souci.

— Tu m'excuseras, Gaston, dit la veuve à son frère, sitôt les premières politesses échangées. J'achèverai en ta présence mes préparatifs de voyage. Je pars demain pour Dommartin.

— Faites donc, ma chère Jeanne, comme si je n'étais pas là. Je serais navré d'être une cause de dérangement pour vous. Si je suis venu aujourd'hui, c'est que je tenais à vous dire au revoir et à vous souhaiter un bon voyage. Vous avez de la chance, vous qui vous évadez de Paris pendant la canicule. Nous autres, si cela continue, nous périrons calcinés.

— Mon pauvre ami, pourquoi donc as-tu quitté la Normandie où tu n'avais pas à craindre ce triste sort ? Si j'ai bonne mémoire, tu étais enchanté l'année dernière de te fixer à Dieppe. Tes lettres débordaient d'enthousiasme.

— Vous savez bien, Jeanne, qu'à la longue le séjour en province devient mortellement ennuyeux. On ne vit qu'ici ; ailleurs, on végète. Mais je déplore de n'avoir pas un mois ou deux de congé pendant que Paris est inhabitable.

— Que tu es à plaindre, Gaston, de toujours désirer ce que tu n'as pas. Même riche, on n'arrange pas toujours sa vie à sa guise ; à plus forte raison, quand on doit gagner son pain par le travail. Tu n'es pas le seul à qui la nécessité impose ce sacrifice. François, qui comptait bien passer une quinzaine à Dommartin, devra probablement y renoncer cette année. J'en suis fâchée pour lui, qui aurait besoin d'un peu de repos, et fâchée pour moi aussi, qui me faisais une fête de ces vacances.

— A propos de François, voulez-vous lui annoncer que j'ai dû quitter l'industriel auquel m'avait recommandé M. Rollez. J'ai retrouvé aussitôt un nouvel emploi, plus rémunérateur et qui me convient tout à fait. Je suis heureux de vous l'annoncer, ainsi qu'à François, qui, sans cette circonstance, me désapprouverait peut-être d'avoir rompu avec son industriel. Il est toujours un peu prévenu contre moi, mon cher neveu. Je ne lui en veux pas, après tout, ses intentions sont bonnes et son amitié sincère. Mais nos caractères et nos goûts sont si dissemblables, nous ne nous comprenons pas.

— Certes, murmura Mme Landry, non sans une pointe d'ironie, François et toi, vous ne vous ressemblez guère.

— Nous n'en sommes pas moins deux bons camarades. D'abord, je suis à peine son aîné. Et c'est curieux, en vérité, que de nous deux ce soit plutôt lui qui ait l'air d'être l'oncle et moi le neveu.

— Votre jeunesse à tous deux a été si différente ! A l'âge où tout te souriait, où tu n'avais qu'à te laisser vivre, François connaissait déjà les soucis d'une vie difficile et laborieuse.

— Oui, je sais. C'était un bûcheur par nécessité. Mais aussi il était doué pour cela, il avait le feu sacré ; le travail, les études les plus ardues étaient pour lui un plaisir. Moi, je manque de cet élan, de cette énergie que je lui envie. Mon esprit indépendant ne s'accommode guère d'occupations toujours pareilles, pas plus qu'il ne se plie aux exigences d'un patron presque toujours tyrannique. Cependant je suis positivement en progrès sous ce rapport, et, dans la nouvelle situation qui m'est offerte, je suis résolu à remplir mes devoirs en conscience, certain qu'on m'en tiendra compte.

— Tant mieux, mon ami. Nous en serons très heureux, François et moi. Disposes-tu de ta soirée ?

— Mon Dieu, oui. Je n'ai rien projeté.

— Alors veux-tu dîner avec nous ? Avant une heure François rentrera. Et voici quelques journaux pour passer le temps pendant que je serai occupée à la cuisine.

— Merci, Jeanne. Je vais plutôt fumer un cigare sur le balcon. Les journaux sont assommants par ces journées sénégaliennes.

Peu après, les deux jeunes gens étaient réunis au salon et causaient en attendant l'heure du dîner. La nouvelle aventure de Gaston ne surprenait pas François ; le même fait se répétait souvent. Seulement, il ne se compliquait pas cette fois d'une demande de subsides, et ce détail avait son importance pour la famille Landry. Par extraordinaire, Gaston avait encore quelque argent en poche. Et il entrait dès le lendemain dans ses nouvelles fonctions d'aide-comptable chez un négociant de la rue du Sentier. Il était de bonne humeur, sans arrière-pensée, et cherchait à égayer François en débitant mille folies.

— Eh bien ! mon vieux, s'écria-t-il tout à coup, et les belles voisines, que deviennent-elles ?

— Mes voisines ? ce qu'elles deviennent ? Mais je n'en sais rien, répondit Landry avec une certaine brusquerie. Ai-je le temps de m'occuper de mes voisines ?

— Là, c'est vrai. Est-ce qu'un Bénédictin de ton espèce remarque les jolies femmes ? Ah ! il peut en pleuvoir autour de toi, homme de fer et de marbre, tu ne leur accorderas pas seulement un regard, ce qui, entre nous, n'est guère flatteur pour la beauté. Mais moi, qui ne te ressemble point, je m'intéresse aux jolis minois, et je ne me prive pas du plaisir de les admirer quand j'en trouve l'occasion. Or, tes voisines — elles sont trois, je crois ? — sont mieux que jolies, elles me charment prodigieusement.

— Vous ne les connaissez guère cependant, mon cher Ringeval, remarqua François d'un ton froid, un peu ironique. Comme moi, vous les avez entrevues quand vous venez ici, et vos visites sont plutôt rares depuis quelque temps, soit dit sans reproche.

— Enfin, chaque fois que je suis venu, j'ai eu le plaisir de les rencontrer, tantôt l'une, tantôt l'autre, et même toutes trois ensemble. Et si je n'ai pas encore eu l'avantage du moindre bout de conversation avec ces ravissantes personnes, j'ai eu du moins le loisir de les admirer et d'entendre le son de leur voix. La plus jeune est toute mignonne, une Tanagra, un Greuze, toute en grâce et en fraîcheur. Les deux aînées sont des beautés accomplies, la seconde surtout, malgré son air fier, hautain, peut-être même à cause de cela, qui lui donne un attrait de plus. Ah ! vraiment, les admirateurs ne doivent pas leur manquer.

— C'est possible, dit François que cette conversation semblait énerver. En tout cas, ces jeunes filles ne me paraissent pas disposées à les encourager. Tout, dans leurs manières, comme dans leur existence très retirée, uniquement consacrée au travail, indique assez qu'elles ne cherchent pas à attirer sur elles l'attention. Je suis même persuadé que leur modestie s'offusquerait des hommages même les plus discrets.

— C'est un mérite de plus, à moins que ce ne soit prudence ou calcul. Enfin, mon cher ami, si j'admire en tes voisines des dons extérieurs incontestables, je suis disposé à les doter en outre de toutes les perfections morales, si cela te fait plaisir. Un jour viendra peut-être où une occasion me permettra de les approcher de plus près et de leur témoigner mon admiration, respectueuse, d'ailleurs, et ma profonde sympathie. Je ne désespère pas de réussir. Je sais déjà que Mlle Précourt, Mlle Madeleine — car, je ne te le cache pas, celle-ci me plaît tout particulièrement, — est l'institutrice des enfants du commandant Méautier, un officier d'infanterie coloniale, qui habite boulevard Beaumarchais.

La figure de François exprima l'étonnement, et Ringeval continua en souriant d'un air suffisant :

— Tu t'étonnes de me voir si bien renseigné sur des personnes que tu devrais connaître mieux que moi et dont tu sais tout au plus qu'elles existent. C'est cependant bien simple, et mon enquête, servie par le hasard, n'a pas été longue. Je n'ai point interrogé votre concierge, je n'ai pas voulu davantage questionner cette petite roublarde de Germaine : je me méfie de sa langue et de ses yeux. Je m'y suis pris autrement et je suis allé à d'autres sources d'information. Deux dimanches de suite, à deux pas d'ici, ayant aperçu Mlle Précourt qui sortait de la maison, je l'ai suivie.

— Vous l'avez suivie ! Vous avez fait cela ! s'écria François presque en colère.

— Mais, parfaitement ! Et pourquoi pas ? Je l'ai fait avec assez de discrétion pour ne pas inquiéter cette jeune fille en aucune manière. Est-ce que tu t'imagines que je vais l'importuner ou la compromettre ? Tu me juges mal, cette fois. A tes yeux, je suis toujours un mauvais sujet, capable des pires légèretés. J'admets que j'ai parfois mérité quelques reproches, mais, dans le cas présent, j'observe une extrême correction, et nul, même toi, mentor sévère, ne peut trouver à redire à mes actes.

— Oh ! après tout, cela ne me regarde pas, riposta François les sourcils froncés, en tournant le dos à son oncle pour arpenter de long en large le petit salon. Faites ce qui vous plaira, je m'en moque un peu.

Mais Ringeval, se levant à son tour, vint se planter devant son neveu et le regarda en face.

— Dis-moi, mon vieux frère, fit-il moitié plaisant, moitié sérieux, est-ce que nous aurions retrouvé un cœur tout neuf, sans oser l'avouer ? Un volcan couverait-il sous le glacier ? Ma parole, toi aussi, tu rêves aux beaux yeux de Mlle Précourt. Ne le nie pas, il est trop tard, tu t'es trahi. Et c'est si amusant ! Nous deux, rivaux ! l'oncle enthousiaste et un peu fou, et le calme et sage neveu. Conviens-en, la situation est piquante.

— Mon cher Ringeval, laissez-moi tranquille une bonne fois, avec vos situations piquantes ou non, répliqua François, qui avait recouvré son sang-froid. Faites et dites des folies, c'est votre affaire. Mais, je vous en prie, ne faites pas de suppositions absurdes à mon sujet, rien ne vous y autorise.

— Hum ! je réserve mon opinion. Toi que je croyais invulnérable, inaccessible aux faiblesses du cœur humain, tu as manifesté une belle émotion tout à l'heure : j'ai cru que tu allais m'étrangler dans ton indignation. N'était-ce pas l'aveu spontané d'un sentiment dont tu enrages, parce qu'il te faut aujourd'hui, malgré toi, subir la loi commune, parce qu'il te faut adorer ce que tu as brûlé. Mais rassure-toi, je ne veux pas te courroucer ; je ne ferai plus à ton sujet de psychologie sentimentale. Faisons la paix, veux-tu ? On va se mettre à table ; il m'arrive un fumet des plus appétissants, et je veux déguster, en toute quiétude d'esprit, les bons petits plats que ta mère excelle à préparer. »

Sans rancune, indulgent pour cet écervelé de Gaston, François serra la main que lui tendait son oncle, et tous deux répondirent à l'appel de Mme Landry en passant dans la salle à manger.

Mais, en dépit de son empire sur lui-même, François se montra par instants grave et soucieux. Mme Landry, prompte à s'inquiéter, l'observait à la dérobée. A la réflexion, elle se persuada que la visite de Ringeval pouvait bien être importune à son fils pendant cette dernière soirée qu'elle passait à Paris. Et l'attitude de François, visiblement satisfait du départ de son oncle qui se retira de bonne heure, la confirma dans son idée et la rassura tout à fait.

XIV

Depuis plusieurs années Mme Landry passait les mois d'été à Dommartin, dans la vieille maison qu'elle tenait de son aïeule. En son absence, Ringeval et son neveu ne se voyaient guère. Le premier se dédommageait d'une villégiature impossible en fréquentant assidûment les lieux de plaisir les plus divers. Le jeune mécanicien, au contraire, profitait de sa solitude momentanée pour se consacrer davantage aux travaux qui le passionnaient.

Le dimanche seulement il s'accordait un repos nécessaire et une récréation sous forme de promenade aux environs de Paris. D'autres fois, le samedi soir, il prenait le train pour Sainte-Menehould, afin de passer à Dommartin toute la journée du lendemain. Il rentrait à Paris le lundi par un train matinal.

Et, chaque soir, dans la solitude de son atelier où les rumeurs de la rue n'arrivaient pas, il demeurait au travail jusqu'à une heure avancée. Avec plus de courage et plus d'énergie que jamais, depuis plusieurs mois, il poursuivait ses études et ses essais. Jusqu'alors, le but assigné à sa vie, rendre à sa mère ce qu'il en avait reçu, lui assurer une existence exempte de soucis matériels, l'entourer de bien-être et de soins, avait été pour lui un puissant stimulant. Ce but était déjà atteint.

Mme Landry se trouvait heureuse ; elle affirmait que son fils *avait* maintenant assez fait pour elle, qu'il devait songer à lui-même. Non seulement sa petite fortune personnelle, notablement entamée jadis aux heures d'adversité, avait été reconstituée, mais François possédait encore quelques économies : cet argent, il le destinait aux frais de construction et d'expérimentation d'une machine qui n'existait encore que sur le papier, dont les feuillets épars sur la table de son atelier reproduisaient les différentes parties, un moteur électrique, léger, robuste et puissant, susceptible de s'adapter à toutes sortes de locomobiles, aussi bien qu'à ces machines-outils qui, par centaines, sortaient journellement des usines Rollez.

Il entrevoyait le jour, pas très lointain peut-être, où son œuvre, le fruit de ses études et de ses patientes recherches, passerait du domaine de la spéculation dans celui de la pratique, et lui apporterait, sinon la richesse, du moins de larges profits, avec la notoriété dans le monde de l'industrie mécanique.

Alors ne pourrait-il pas songer à une autre victoire, plus ardemment désirée, à la conquête d'un bonheur si grand qu'il lui semblait par moments inaccessible ?

Car Gaston Ringeval ne s'est pas trompé, il a formulé tout haut ce que son neveu hésitait encore à s'avouer à lui-même : Madeleine de Précourt tient déjà, sans le soupçonner, une grande place dans la vie de François Landry. D'elle, son cœur est rempli; vers elle vont toutes ses pensées, et s'il est ambitieux de succès et de fortune, c'est qu'il veut lui en faire hommage.

Il la voit rarement, à peine lui a-t-il parlé en de rares occasions, mais sans cesse, comme une vision reposante, lorsqu'il relève les yeux de dessus les pages où il aligne chiffres et formules, passe devant son regard le visage doux et grave de la jeune fille. Alors la solitude lui semble moins pesante ; il puise dans cette évocation fugitive une force, une énergie nouvelle, et il se plonge de nouveau avec ardeur, avec foi, dans ses calculs.

Ce soir de juillet, comme d'habitude, il était dans son atelier. Penché sur sa table à dessiner, il travaillait à une épure, grandeur d'exécution, à laquelle il avait déjà consacré de longues séances, et il était si absorbé qu'il n'entendait pas des coups frappés à sa porte ; à l'appel de son nom, reconnaissant la voix de la concierge, il répondit enfin et alla ouvrir. On lui tendait un télégramme. Ce ne fut pas sans une vive inquiétude qu'il prit le mince papier : toute sa pensée se portait vers sa mère qu'il avait pourtant laissée en bonne santé l'avant-veille. Mais presque aussitôt il se rassurait : la dépêche venait de Paris. Signée d'un nom qui ne lui semblait pas inconnu, elle avait trait à son oncle Ringeval. Elle était ainsi conçue :

M. Ringeval gravement blessé, prière de venir sans retard.

Il n'y avait pas à se dérober. François, d'ailleurs, n'y songea pas et se prépara à partir. A l'angle de la rue La Fayette il trouvait une auto ; quelques minutes après, il était rue Beaubourg, devant la maison qu'habitait son oncle. De la loge du concierge on guettait sa venue, car, dès que le jeune homme eut franchi le seuil, une femme vint au-devant de lui et commença de verbeuses explications, que Landry écoutait tout en gravissant rapidement les trois étages.

Le pauvre M. Ringeval était rentré chez lui un peu après 10 heures, dans l'intention de ressortir, sans doute, car il ne rentrait jamais si tôt. Or, quelques minutes après, une voisine du jeune homme descendait précipitamment; elle avait entendu le bruit d'une détonation suivi presque aussitôt d'un gémissement, et elle accourait, tout émue, informer la concierge. Celle-ci avait appelé son mari ; tous deux étaient montés chez leur locataire qu'ils avaient trouvé étendu sans connaissance dans un fauteuil. Il tenait encore dans sa main un revolver.

La concierge lui avait donné quelques soins pendant qu'on allait quérir un médecin. Le blessé était revenu à lui assez vite et avait expliqué l'accident qui venait de lui arriver : en maniant son revolver pour le charger, il l'avait fait partir par mégarde et la balle l'avait frappé à l'épaule. Le docteur était encore là en train de panser la blessure. Dès le premier instant, on avait lancé un télégramme à M. Landry connu de la concierge comme parent et ami de M. Ringeval.

François arrivait à la chambre de son oncle. Le docteur, le pansement terminé, se préparait à partir. Il donna à François tous les renseignements concernant l'état du blessé. Celui-ci n'était pas grièvement atteint ; sauf complications, la guérison serait assez rapide, mais il importait de ménager au malade un repos absolu, de lui épargner toute fatigue, toute émotion.

Resté seul dans la chambre, François s'installa sans bruit au chevet du lit. Au bout d'un moment, Ringeval, qui n'avait pas paru s'apercevoir de l'arrivée de Landry, regarda enfin son neveu et voulut faire un mouvement. Mais le geste qu'il essayait resta inachevé et une plainte lui échappa.

— Merci d'être venu, murmura-t-il avec effort..... mais il ne faut pas rester.

— Mon pauvre ami, dit François, qui se pencha vers le blessé. Ne bougez pas, ne vous tourmentez pas. Le docteur a dû vous dire que votre état ne présente pas de gravité ; quelques semaines de repos suffiront pour vous remettre sur pied. Je vais passer la nuit près de vous ; demain, je vous trouverai une garde-malade, ainsi soyez sans inquiétude, tâchez de dormir. Toute agitation vous est défendue.

François reprit sa veillée silencieuse.

Cependant Ringeval demeurait fiévreux et inquiet.

François dut se rapprocher pour essayer de nouveau de le tranquilliser.

— J'aime mieux que tu t'en ailles, laisse-moi seul, répéta Gaston. Je veux mourir, il le faut.

François, atterré, considérait le visage convulsé et blême de son oncle. Le doute auquel il n'avait pas voulu arrêter sa pensée devenait une réalité : l'accident de Ringeval était donc un suicide manqué ? Mais à quel mobile avait obéi le désespéré ? Quelle déception, quelle faute, peut-être, l'avait conduit à cette terrible extrémité ?

Il n'osait interroger le blessé dans la crainte de provoquer un accès de fièvre dangereux.

— Calmez-vous, Ringeval, ne parlez plus, de grâce !

— Je suis un misérable, éloigne-toi de moi, François. Je ne mérite ni tes soins ni ta pitié. Si tu savais ce que j'ai fait !..... Je voudrais tout te dire..... au moins, je serais déchargé d'un grand poids.

Et à mots entrecoupés, par phrases hachées, Ringeval fit sa triste confession.

Depuis bien des mois, malgré les générosités de sa sœur et de son neveu, malgré leurs avertissements pour le décider à accepter le travail suivi et régulier comme une nécessité, Ringeval, paresseux et dépensier, accumulait dettes sur dettes. Sa situation s'aggravait de jour en jour.

Or, en cette fatale journée, il avait eu entre les mains le montant d'un recouvrement fait par lui pour le compte de son patron, et l'horrible tentation lui était venue : avec cette somme, pour peu que la chance le favorisât, il pouvait essayer de se refaire au jeu. Une fois déjà la chance lui avait souri, un bookmaker de ses amis lui ayant fourni le bon tuyau, il avait quitté un champ de courses avec une somme rondelette. Ne pouvait-il pas tenter une seconde expérience ? Ces quelques billets de banque seraient peut-être décuplés en peu d'instants.

Mais la fortune avait été contraire ; il avait tout risqué, il avait tout perdu.

Affolé, il n'avait plus vu autour de lui que de la honte, avec l'impossibilité de se relever. Il ne lui restait qu'à mourir. Rentré chez lui, il mettait à exécution son funèbre projet, mais là déveine le poursuivait encore, il se manquait !

François écoutait en silence, et longtemps encore après que le blessé s'était tu, il tournait et retournait en son esprit la même pensée. Que faire ? Ne fallait-il pas sauver ce malheureux, non seulement de la mort, mais aussi du déshonneur ? Déjà peut-être le négociant éprouvait des doutes sur la probité de son employé qui n'avait pas paru au bureau de tout l'après-midi. Peut-être avait-il commencé une enquête ; alors il découvrirait vite la vérité ; plainte serait portée. Le lendemain il pouvait faire arrêter le coupable. Et ce nom de Ringeval, jusqu'alors honoré, car les fautes passées étaient des peccadilles auprès de l'acte abominable ; ce nom de Ringeval qui était aussi le nom de sa mère à lui, François, allait être traîné devant un tribunal, éclaboussé de cette infamie.

— Oh ! je ne te demande pas de me pardonner ni de me plaindre, François, gémit le blessé. Je sais trop bien ce que tu peux me dire : je devais en arriver là ! Et je mérite d'expier. Ah ! pourquoi ce coup a-t-il raté ? tout serait fini !.....

Landry ne répondait toujours pas. Il sentait qu'il tenait entre ses mains le salut matériel et peut-être moral de ce malheureux, mais il hésitait encore ; il ne pouvait se déterminer sans lutte au sacrifice que sa conscience lui inspirait.

Malgré tout, il éprouvait une certaine pitié pour son oncle. Comment celui-ci avait-il été élevé ? Quels principes avait-il reçus dans son enfance et sa jeunesse ? Le père mort trop tôt, absorbé dans ses dernières années par des affaires devenues difficiles, s'était si peu occupé de son fils ! La mère, trop faible, l'idolâtrait, favorisait tous ses caprices, lâchait la bride à tous ses instincts ; aucun lien pour le retenir dans la voie droite, parfois pénible, pas de morale religieuse, rien que la morale facile du plaisir.

Oh ! comme il avait été privilégié, lui, Landry, de posséder une mère comme la sienne, si ferme et si tendre à la fois, si pieuse, si éclairée sur ses devoirs d'éducatrice ! Quelle dette morale, plus immense encore que la dette matérielle, n'avait-il pas contractée envers elle ? Oui, il pouvait l'entourer de vénération, d'amour, de reconnaissance. Il ne se jugeait pas meilleur qu'une grande majorité d'hommes, mais il songeait, non sans fierté, qu'il pouvait marcher le front haut, sans avoir à rougir d'aucune action de son passé. Et c'est à sa mère qu'il devait cette fierté. Comme elle va souffrir dans son honneur, dans sa délicatesse, la chère créature, lorsqu'elle apprendra la catastrophe ! Quelle peine pour son âme de chrétienne, pour son cœur de sœur dévouée, quand elle saura à quelle extrémité, à quelle lâcheté une faute grave a conduit son frère! Ne voudra-t-elle pas enfin se sacrifier encore pour sauver l'honneur de celui qu'elle a promis d'aimer, de protéger ? Eh bien ! non, à tout prix, il faut lui taire ces vilenies, il faut tout sauver sans elle. Son fils renoncera pour un temps à ses projets, à ses légitimes ambitions, et, suprême sacrifice, à son bonheur.

Le front dans ses mains, au milieu du silence lugubre de cette chambre en désordre, près de ce lit où s'agitait l'être faible et dévoyé qu'il devait secourir, Landry suivait le cours de ses pensées douloureuses. Mais l'idée généreuse peu à peu s'affermissait dans son âme ; une à une ses hésitations disparurent. Le parti pris, s'il ressentit une grande tristesse, en même temps lui vint la tranquillité qui suit les fermes résolutions. Une espérance luisait encore au fond de son cœur jeune et vaillant. L'acte auquel il se résolvait ne ruinait pas à jamais ses projets, ne lui interdisait pas le rêve qui embellissait sa vie de travailleur ; il en reculait l'échéance possible. Mais si à ce prix le malheureux, sauvé du déshonneur, se relevait pour de bon cette fois et définitivement !... Le cœur de Gaston Ringeval n'était pas celui d'un misérable ; quelques bons sentiments surnageaient encore dans sa conscience troublée. Une si dure leçon porterait des fruits.

Pour le moment, il n'y avait qu'à donner au blessé l'assurance que le scandale serait évité, que toutes choses seraient arrangées au mieux.

Ringeval ne sentait plus la douleur lancinante de son épaule fracassée: la souffrance physique disparaissait, absorbée par une torture morale faite d'angoisse et surtout de remords. Son regard aigu, fixé sur le visage de son neveu, y lisait une peine, une tristesse si profondes, qu'en cet instant toute son ingratitude, toutes ses lâchetés se dressaient devant lui et lui faisaient horreur.

Mais François se retournait vers le lit, et, d'une voix calme, sans colère ni reproche :

— Mon ami, dit-il, nous avons l'un et l'autre un devoir à remplir. Votre mort n'eût rien sauvé, votre courage et votre bonne volonté, au contraire, peuvent tout réparer. Je vous y aiderai, d'ailleurs. Je vous promets mon concours cette fois encore ; et quand vous serez rétabli, vous aurez à cœur, je l'espère, de tenir les engagements que vous aurez pris vis-à-vis de moi. Dans quelques heures, je porterai en votre nom à votre patron le montant de la somme que vous avez encaissée pour lui. J'ajouterai qu'un accident qui vous est survenu ce soir vous oblige à lui demander un congé de quelques semaines. S'il vous remplace, on vous trouvera un nouvel emploi quand vous serez guéri, et nous conviendrons alors ensemble des conditions pour le remboursement du prêt que je vous consens. Maintenant, reposez sans inquiétude ; plus tard, nous recauserons de tout cela.

— François, tu es admirable! Je ne serai pas ingrat, je te le jure, et je te le prouverai.

— J'y compte, Ringeval, j'ai confiance en votre parole. Mais que jamais ma mère ne sache ce qui s'est passé ici ce soir. Ce lui serait un trop grand chagrin. Epargnons-le-lui.

— Pauvre chère sœur ! Si elle savait combien j'ai été lâche ! Car je le comprends, à cette heure, François, à une faute, déjà bien grande, j'ajoutais une lâcheté. Mais j'aurai le courage de vivre pour racheter, pour réparer, tu verras.

Les choses s'arrangèrent sans difficulté : le patron de Ringeval accepta sans soupçons les explications de François et promit de réserver sa place à son employé. Celui-ci, tranquillisé de ce côté, n'avait plus qu'une impatience : reprendre le travail, prouver à François que son désir de réhabilitation était sincère, et se libérer de sa dette envers celui qui, toujours généreux, lui sauvait plus que la vie, l'honneur.

Au bout de trois semaines, sa guérison ayant été rapide, Gaston faisait sa réapparition à son bureau.

Fidèle à ses promesses, il se transformait enfin : une vie nouvelle commençait pour lui, vie sérieuse et active, remplie par le travail. Pour rembourser au plus vite l'avance que lui avait faite Landry, il employait toutes ses soirées à faire des écritures pour un commerçant de son quartier, et rompait bravement avec ses anciennes habitudes d'insouciance et de plaisir. François le soutenait, l'encourageait, et leur intimité resserrée leur donnait à tous deux les joies d'une amitié vraie et sincère que rien ne devait plus troubler désormais.

XV

L'hiver touchait à sa fin ; c'était le second que venaient de passer les jeunes de Précourt depuis leur arrivée à Paris. Il avait été rigoureux, et Sabine avait payé son tribut à la mauvaise saison sous la forme d'un rhume tenace qui l'avait obligée de prendre un peu de repos. Mais elle allait mieux, elle avait repris le travail.

De nouveau, avec la pensée de la belle saison qui s'approchait, on faisait des projets. On reprenait ceux de l'année précédente qui ne s'étaient pas réalisés. Dans le cours de l'été, Madeleine avait eu deux semaines de congé; mais, à ce moment-là, Servane était surchargée de travail pour un trousseau livrable à bref délai ; elle n'avait pu interrompre sa tâche. Cette année, des circonstances plus favorables permettraient peut-être le voyage projeté à Précourt et à Etretat.

En attendant, les deux ouvrières tiraient l'aiguille chaque jour avec le même entrain, et Madeleine poursuivait avec succès l'éducation de Juliette et de Charlotte Méautier.

Germaine visitait souvent ses amies. Le plus léger prétexte lui suffisait pour grimper les quatre étages : une lettre à porter chez les jeunes filles ou chez Mme Landry, un livre à échanger, un conseil à demander. Toujours elle recevait le même accueil empreint d'affectueux intérêt. La douce gravité de Servane lui en imposait et mettait tout de suite un frein à son excessive exubérance ; Madeleine, chaque fois que l'occasion se présentait, apportait son concours à l'œuvre commencée, instruisait la jeune apprentie tout en paraissant l'amuser, gravait en cet esprit alerte et droit, trop indépendant et exalté, des idées saines et moralisatrices ; mais ce qui attachait davantage Germaine à ses jeunes bienfaitrices, c'était l'aimable familiarité de Sabine, dont la gaieté faisait écho à la sienne ; la chaude tendresse de cette compagne presque de son âge satisfaisait les aspirations de son cœur qui ne cherchait aussi qu'à se donner.

Et, à la suite de Germaine, peu à peu, et en des circonstances tout ordinaires, Mme Landry était entrée en relations avec ses jeunes voisines. Elles ne manquaient jamais d'échanger quelques paroles de politesse lorsqu'elles se rencontraient, et la mère de François faisait de loin en loin une courte visite à Servane et à ses sœurs.

En cet après-midi de mars beau et tiède, succédant à des jours moroses, Sabine avait été si enjouée, si heureuse de sentir renaître ses forces et son courage sous l'influence du renouveau tout proche, qu'elle n'avait pas remarqué sur le visage de sa sœur aînée une expression de lassitude, une pâleur inaccoutumée.

Le moment d'allumer la lampe était arrivé. Sabine disposait toutes choses pour leur veillée laborieuse, et Servane demeurait sur sa chaise, renversée au dossier et comme oppressée. Un engourdissement s'étendait peu à peu à ses membres, à sa pensée, à tout son être. Elle voulut se lever et retomba, comme accablée, sur son siège.

Tout à coup elle porta ses deux mains à sa poitrine et jeta un faible cri, un appel :

— Sabine ! Oh ! mon Dieu !

Sabine était déjà près d'elle, juste à temps pour recevoir dans ses bras sa sœur qui avait perdu connaissance.

Avec une peine infinie, mais soutenue par une force nerveuse que l'effroi décuplait, Sabine parvint à la porter jusqu'à son lit, où la pauvre Servane, toute blême, restait étendue sans mouvement, sans souffle.

Quelques semaines auparavant, un dimanche, en présence de Madeleine, l'ouvrière avait déjà eu une syncope qui avait bien effrayé ses sœurs. Mais en peu d'instants elle s'était remise; son malaise s'était dissipé sans laisser de traces dans l'état de sa santé. Un excès de fatigue en était sans doute la cause ; elle avait promis de se ménager un peu plus.

Sabine prodiguait de nouveau à sa sœur les soins usités en pareil cas, et ces soins ne produisaient aucun effet ; bouleversée de cet accident subit et de son impuissance, osant à peine quitter Servane pour demander du secours, elle se précipite chez Mme Landry [illegible]

— Madame, je vous en prie, venez à mon aide, supplia Sabine d'une voix que l'émotion faisait trembler ; ma sœur aînée se trouve mal, elle a perdu connaissance, et je ne puis la faire revenir à elle.

Déjà la veuve suivait la jeune fille.

Mais elle se retourna pour dire à son fils qui apparaissait dans le vestibule de leur appartement :

— Tiens-toi prêt, mon ami, à aller chercher un médecin dont la présence sera peut-être nécessaire. Je te le dirai dans un instant.

Près de Servane, chez laquelle, en dépit des soins intelligents et prompts, rien ne manifestait le retour à la vie, Mme Landry jugea la situation grave, sinon désespérée.

Sabine, un peu rassurée par la présence de sa voisine [illegible] voyait agir avec expérience [illegible] un espoir tenace.

— Je vais envoyer mon fils chercher un médecin, dit Mme Landry ; il le faut. Prenez courage, mon enfant, soyez forte et vaillante. Je ne vous quitterai pas, tant que je pourrai vous être utile.

Mais Sabine contemplait avec un effroi grandissant le visage si pâle de sa sœur, ses traits sur lesquels restait fixée [illegible] expression de souffrance indicible ; elle frissonnait, son cœur se serrait.

— Servane, reviens à toi, réponds-moi, murmurait-elle de temps à autre, penchée sur le visage de sa sœur. Que faire, mon Dieu ! que faire ? Oh ! comme je voudrais que Madeleine fût ici !

— On va prévenir votre sœur, ma chère petite, dit Mme Landry qui rentrait dans la chambre ; bientôt vous l'aurez près de vous.

Sabine pleurait à longs sanglots en regardant le mince corps rigide étendu sur le lit. Ce visage livide, ces yeux fixes sous les paupières à demi ouvertes, ces mains qui, peu à peu, se glaçaient sous ses lèvres, oh ! comme cela ressemblait à la mort ! Mais non, ce n'était pas possible. Servane allait tout à coup sortir de ce long évanouissement.

Vaine attente, inutiles caresses.

Enfin voici des pas qui s'approchent ; Mme Landry devine le docteur et va au-devant de lui. Sur le seuil, François demeure, entouré de Germaine et de Mme Vallette, toutes deux sincèrement désolées.

— Il faut aller chercher Mlle Madeleine, dit Mme Landry. Je crains bien, hélas ! qu'il n'y ait rien à espérer. Attendez seulement un instant, le docteur va me dire la vérité.

Le médecin est entré dans la chambre. Il se penche sur le corps inerte de Servane, mais il n'est point besoin d'un long examen pour y découvrir les caractères de la mort, et, lorsqu'il se relève, le regard anxieux de Sabine lit sur son visage la sentence que ses lèvres vont prononcer : Servane n'est plus, tout est fini !

Sabine, éperdue, s'attache désespérément à celle qui ne peut plus la voir ni l'entendre.

— Ma sœur, ma chérie, si tu meurs, je veux mourir aussi !

— Cette jeune fille souffrait depuis un certain temps, déclare le médecin. Une affection cardiaque la minait sourdement. La fin a été imprévue et brutale comme presque toujours dans ces cas d'embolie.

Et tandis qu'il s'en allait, Mme Landry s'approchait de Sabine. Doucement, elle pressait dans les siennes les mains de la petite et s'agenouillait à son côté.

— Je vais prier avec vous, mon enfant. Que Dieu vous donne le courage de supporter cette grande épreuve !

Plus encore que ses paroles, l'accent de la veuve, ses yeux humides, son geste pieux touchaient le cœur de la pauvre affligée.

En sortant de l'appartement, le docteur avait lui-même appris la funèbre nouvelle à François Landry, qui décidait d'envoyer immédiatement Germaine chez le commandant Méautier.

— Viens vite, petite, dit-il à l'apprentie. Je vais t'expliquer ce que tu auras à faire pour bien remplir cette mission.

La midinette, en dépit de son aplomb naturel, s'effrayait de son rôle. Elle avait tant de chagrin, le cœur si gros, qu'elle suffoquait et entendait à peine les explications de Landry.

— Je vais te mettre en voiture et te donner un billet pour Mme Méautier. Ce sera elle qui apprendra à Mlle Précourt le malheur qui la frappe ; elle saura mieux que toi l'y préparer. La voiture vous ramènera toutes deux ici. Je compte sur ton intelligence, sur ton bon cœur qui t'inspirera ce que tu devras dire ensuite à Mlle Madeleine pour laquelle ce coup sera si rude et si imprévu. Il faut, entends-tu bien ? qu'elle se sente entourée de beaucoup de sympathie, de beaucoup d'affection. Tu l'aimes, n'est-ce pas, Mlle Madeleine, et tu me comprends ?

De la tête, Germaine fit signe que oui.

Ils arrivaient à une station de voitures. Sur un geste de François, la petite modiste s'engouffra dans une auto-taxi. A la lumière du phare, le jeune homme écrivit au crayon quelques mots sur une carte qu'il glissa dans une enveloppe. Puis, après une dernière recommandation à la petite, il donnait l'adresse au chauffeur, avec les instructions nécessaires. L'auto démarrait aussitôt et filait à bonne allure.

François regardait tristement le véhicule qui disparaissait rapidement ; sa pensée se portait tout entière vers Madeleine que, dans quelques minutes, une si grande douleur allait atteindre. Elle était paisible, heureuse peut-être, en cet instant, tout occupée de ses petites élèves qu'elle affectionnait ; et chaque seconde qui passait rapprochait l'instant fatal où on allait lui dire que sa sœur Servane, quittée peu de jours auparavant en pleine santé, avait, depuis une heure déjà, cessé de vivre. Comment supporterait-elle ce choc si douloureux ? Trouverait-elle en ce moment, parmi les étrangers au milieu desquels elle vivait, un réconfort, un adoucissement à sa peine ? Sans doute, ils lui prodigueront de banales consolations, de ces phrases que la bienséance mondaine met sur les lèvres sans que le cœur y ait aucune part. Et lui, qui l'aimait si ardemment, pourrait à peine lui dire sa sympathie, lui offrir ce qu'elle voudrait accepter de son dévouement ! Plus que jamais il sentait, à cette souffrance même, combien Madeleine lui était chère !

Dans cet état d'esprit, impatient et inquiet, Landry regagnait enfin son appartement désert. Sa mère était toujours près de

Sabine. Et dans le salon, toutes portes ouvertes, il tendait l'oreille aux bruits qui montaient de l'escalier. Il reconnut enfin les pas des deux jeunes filles, il entendit un léger murmure de voix ; une porte voisine s'ouvrit et se referma ; puis Germaine entra chez lui comme le jeune homme le lui avait recommandé.

La petite avait les yeux gonflés et rouges ; une émotion très vive, plus encore que l'ascension précipitée des quatre étages, la faisait haleter.

— Dis-moi vite, Germaine, Mlle Madeleine ?..... comment est-elle ?

— Oh ! Monsieur Landry ! qu'elle est affligée, si vous saviez ! Mme Méautier, très émue, n'a pu lui cacher longtemps la vérité. Alors, Mlle Madeleine, pâle à faire peur, sans un mot, sans une plainte, m'a entraînée vers la voiture où elle est restée immobile, sans pleurer, sans parler, comme insensible. Elle souffrait pourtant, je vous assure ; ses mains et ses lèvres tremblaient comme dans la fièvre. Et c'était effrayant de la voir ainsi. Je me grondais en moi-même de rester là comme une sotte en face de Mlle Précourt que j'aime, sans rien tenter pour la consoler, sans lui dire que j'avais aussi beaucoup de chagrin. Enfin, je ne sais pas comment j'ai osé, mais je l'ai embrassée de tout mon cœur en sanglotant, et alors elle aussi a pleuré, beaucoup, et je crois que cela lui a fait du bien.

— La pauvre enfant ! J'ai bien fait de t'envoyer vers elle, Germaine, tu es une bonne fille.

— Écoutez encore, Monsieur François. Quand Mlle Madeleine a été un peu calmée, je lui ai dit que Mme Landry n'a pas quitté Mlle Sabine, que vous êtes allé chercher le docteur à la première minute, que vous m'avez envoyée la prévenir et qu'enfin elle peut compter sur vous, sur nous tous, comme sur ses amis les plus dévoués. Elle vous est bien reconnaissante et m'a chargée de vous remercier en son nom en attendant qu'elle puisse le faire elle-même.

— C'est bien, Germaine ; tu as rempli ta mission d'une façon qui mérite aussi tous mes remerciements. Tu peux redescendre maintenant, ta mère a peut-être besoin de toi à cette heure.

— Je m'en vais tout de suite. Mais s'il y a encore quelque chose à faire pour obliger les chères demoiselles, vous savez, il faut me faire signe. Me le promettez-vous ?

— Oui.

Avec cette promesse, Germaine s'en allait, songeuse et profondément triste.

— Quel malheur subit, pensait-elle. Dimanche dernier, Mlles Précourt étaient heureuses, elles riaient de mes gamineries, Mlle Madeleine chantait. Aujourd'hui, Mlle Servane est morte, ses sœurs sont dans les larmes, et nous qui les aimons, nous sommes bien affligés aussi. Pourvu que Mlle Sabine ne tombe pas malade de chagrin ! je la trouve changée depuis l'hiver. Elle a maigri, pâli ; un rien l'impressionne. Ah ! je vois tout en noir, décidément.

Germaine dressait vers le plafond de la loge son nez retroussé, semblant jeter ainsi comme un défi à la Providence.

— Allons, bon, je perds la tête et je dis des bêtises à présent, continua-t-elle. Si Mlle Servane m'entend du haut du ciel où elle ne peut manquer d'être entrée tout droit, elle si pieuse et si parfaite, elle ne m'approuve pas, c'est sûr. Mais aussi, c'est plus fort que moi, je me révolte quand je vois des braves gens dans la peine. Ah ! mes amis ont beau faire, je ne serai jamais une sainte ; tous les sermons du monde n'y feront rien.

XVI

Madeleine et Sabine avaient veillé toute la nuit près du lit où Servane dormait son dernier sommeil.

Dès les premières heures du jour, Mme Landry revenait près d'elles et obtenait de Sabine que la jeune fille prît un peu de repos.

De santé plus robuste, de volonté plus énergique que sa sœur, Madeleine résistait à la douleur et à la fatigue. Elle s'inquiétait pourtant au sujet de tant d'obligations pénibles auxquelles elle devait penser, dont il fallait s'occuper en un si triste moment : son courage ne suppléerait pas à son inexpérience en présence des formalités nécessaires qui accompagnent et suivent la mort. A qui recourir ?

Mme Landry vint à son aide. Son fils était prêt à rendre tous les services, à se charger des différentes démarches. Très simplement, François vint se mettre à la disposition de ses voisines.

C'était la première fois qu'il franchissait ce seuil, qu'il pénétrait dans ce logis où sa suprême ambition, depuis longtemps, était d'être accueilli en ami.

Sa mère l'avait introduit dans la petite salle à manger qui servait d'atelier aux deux ouvrières, et où Madeleine n'avait pas tardé à le rejoindre.

En tout autre moment, l'émotion de se trouver en tête à tête avec la jeune fille lui aurait enlevé son assurance, sa présence d'esprit. Mais la gravité des circonstances, le sentiment que son concours et ses conseils étaient acceptés, attendus par elle, l'idée que pour elle il allait travailler, agir, lui rendaient la pleine possession de soi. Il voyait avec netteté ce qu'il devait faire et l'exposait avec précision.

Pour Madeleine, Landry, si dévoué qu'il fût, n'était qu'un obligeant voisin ; il demeurait un étranger, et devant lui, elle se gardait de toute manifestation extérieure de sa souffrance. Elle avait toujours en horreur de se donner en spectacle, de quelque nature que fût son émotion, joie ou peine, et en présence d'inconnus ou d'indifférents, elle trouvait toujours la force de se contenir.

Mais François, tout pénétré qu'il fût du triste sujet qui l'amenait près de Madeleine, n'en subissait pas moins le charme de cette chère présence. Il avait tant désiré le jour où il pourrait se rapprocher de celle qu'il aimait, lui parler plus intimement et surtout faire quelque chose pour elle ! Son amour, son admiration grandissaient à voir cette forte volonté domptant une douleur, un déchirement de cœur qu'il savait immense : une si vive et si profonde affection unissait ces trois sœurs, dont l'unique raison d'existence semblait être de se dévouer les unes aux autres ! Non, il n'ignorait pas qu'à cette fermeté d'âme s'alliaient chez l'institutrice les élans et les tendresses d'un cœur épris d'idéal, accessible aux émotions les plus douces, heureux de se donner à qui avait su conquérir son amitié ou sa sympathie. L'intérêt, la sollicitude de Madeleine envers la petite modiste, tout ce qu'il connaissait ou devinait de sa vie lui en donnaient la preuve.

Que de fois n'avait-il pas entendu de la bouche même de Germaine l'éloge enthousiaste de la jeune fille ; et ces paroles, naïve expression de la vérité, se gravaient à jamais dans l'esprit de François. Souvent encore, dans l'obscurité du soir, accoudé à son balcon, il entendait à travers la fenêtre de ses voisines résonner leurs rires ; son rire à elle, si franc, si clair, ou bien son chant où vibrait réellement son âme ! Ah ! si un jour elle pouvait lire en lui, se laisser aimer, aimer aussi !

Ils étaient en face l'un de l'autre, séparés par la table où se trouvaient encore disposées les fournitures de travail des deux ouvrières. Sur une chaise, tout près de là, l'ouvrage de Servane gardait encore dans ses plis la trace de ses doigts agiles, et Madeleine sentait les larmes la gagner à la vue de cette couture inachevée qui rappelait l'humble tâche de Servane, et son courage patient que la mort seule devait vaincre.

Mais il fallait faire trêve aux regrets, aux tristes pensées. Le temps pressait.

Madeleine avait étalé devant elle une liasse de papiers de famille, parmi lesquels François recherchait quelques pièces qu'il déclarait nécessaires.

— Nous possédons à la campagne, disait l'institutrice, un caveau de famille où sont inhumés nos parents. Sabine et moi, nous désirons que notre sœur repose près d'eux.

— Avez-vous quelque idée des frais que ce désir entraînera ? insinua François, non sans hésitation, car il ignorait quelles pouvaient être les ressources de ces jeunes filles qui travaillaient pour vivre et vivaient très simplement.

— Je n'en ai aucune idée, Monsieur ; mais notre chère Servane possède quatre mille francs en titres de rente française ; nous les avons ici. Ne peut-on les négocier dans une banque ? Cela suffira largement, je pense ?

— C'est plus qu'il ne faut, Mademoiselle, quoique je ne puisse pas vous énoncer le chiffre exact ; mais je le saurai bientôt et nous opérerons la conversion de vos valeurs jusqu'à concurrence de la somme nécessaire.

— C'est très bien, Monsieur, je m'en rapporte absolument à vous.

Mais François n'entendait point ces paroles. Il venait de jeter les yeux sur les feuillets que Madeleine avait déposés devant lui, dans l'ordre où Me Aubin lui-même les avait classés, afin de choisir et d'emporter les seules pièces dont il avait besoin pour mener à bien ses négociations. Et il était saisi de surprise.

Ses voisines, il en avait entre les mains la preuve, étaient les dernières descendantes d'une famille aristocratique ; ruinées, elles avaient dû quitter le domaine dont elles portaient le nom, pour venir à Paris gagner leur vie.

— Filles du comte de Précourt ! se répétait-il en se levant pour partir, alliées à des familles de la meilleure noblesse de France ! Ainsi s'explique cette éducation raffinée, cette distinction de sentiments et de manières qui commandent le respect et les mettent au-dessus de leur humble condition.

Madeleine se rapprochait de lui pour l'accompagner jusqu'au seuil de la pièce.

— Croyez, dit-elle au jeune homme, à ma profonde reconnaissance de tant de dévouement de votre part. Je vous remercie de tout cœur.

— Oh ! ne me remerciez pas, je vous en prie ; je considère comme un devoir, en ces circonstances, de vous rendre quelques services. Et je tiens à vous affirmer de nouveau que notre concours, celui de ma mère et le mien, tant que vous le jugerez utile, vous est tout acquis. Mais surtout, nous voudrions vous apporter d'efficaces consolations dans l'épreuve que vous traversez.

Il y avait, dans l'accent de François en prononçant ces simples paroles, tant de sincérité, tant de compassion, que Madeleine en fut remuée. Elle tendit à Landry une main qu'il reçut avec un respect attendri.

Et le ramenant doucement dans la pièce, elle demanda :

— Voulez-vous la voir, notre pauvre sœur regrettée ? Elle est si belle dans le calme du dernier sommeil.

— Oui, Mademoiselle. Je désirais vivement lui rendre ce suprême hommage et n'osais vous le demander.

Madeleine ouvrit la porte de la chambre où Landry entra à sa suite. Très ému, il se dirigea vers le lit où reposait Servane, dont les traits avaient repris dans l'immobilité de la mort leur douce sérénité, et où toute trace des dernières souffrances s'était effacée. Il la contempla dans sa calme et touchante beauté, puis ploya le genou et demeura un instant dans l'attitude de la prière.

Quand il se releva, il aperçut Sabine, assise en face de la couche funèbre, ayant à son côté Mme Aubin qui, prévenue par dépêche dès la veille au soir, venait d'arriver par un train matinal.

Landry salua en silence. Mais Sabine venait à lui les mains tendues :

— C'est pour nous, dit-elle, une grande consolation dans ces heures douloureuses d'avoir rencontré des amis tels que votre mère et vous. Je sais que vous consacrez votre journée à de fatigantes et ennuyeuses démarches. Merci de cela encore et de toute la sympathie que vous nous témoignez.

— C'est si peu de chose, ce que nous faisons, protesta-t-il. Entre voisins si proches et qui se connaissaient déjà, il n'en pouvait être autrement. Courage, Mademoiselle Sabine.

Tout en s'éloignant de la maison, François pensait à ce qu'il venait de voir et d'apprendre, et une profonde tristesse dominait tous ses sentiments.

— Mlle Madeleine a beau être pauvre, se disait-il, que serai-je jamais pour elle ? Déjà sa beauté, son intelligence, son grand cœur, la mettent au-dessus de tant d'autres femmes plus fortunées. Et, bien que je l'aime comme elle ne le sera jamais peut-être par aucun autre, je ne suis pas digne d'elle. Sa naissance, sa noble origine augmentera encore davantage la distance qui nous sépare.

Cependant, ces réflexions décourageantes n'affaiblissaient pas le zèle de Landry. Il lui fallait aller de bureaux en bureaux, à la mairie, à la paroisse, à la gare de l'Ouest pour la cérémonie funèbre et pour les formalités que nécessitait le transport du corps en Normandie.

En communication téléphonique avec Me Aubin, il put cependant régler rapidement ces affaires, ainsi que les détails de l'inhumation à Précourt.

La triste cérémonie eut lieu le surlendemain.

— Oh ! Madeleine, sanglotait Sabine, quelle cruelle visite au lieu de notre naissance ! Quand nous désirions tant faire ensemble ce voyage, le plus cher de nos projets, nous ne supposions pas l'accomplir ainsi dans les larmes. Revoir Précourt, dans de telles circonstances, c'est affreux. Je ne pourrai pas, je n'en aurai pas la force ni le courage.

— Ma pauvre chérie, c'est vrai, ce nouveau coup est terrible. En perdant Servane, nous perdons notre mère une seconde fois. Chère sœur aînée, si bonne et si tendre ! Et qui a tant souffert, elle aussi, sans se plaindre jamais ! Consolons-nous avec cette pensée que ses épreuves, à elle, sont finies, elles ont leur récompense en Dieu. Prions pour qu'elle nous protège encore et que la Providence nous garde toujours l'une à l'autre. Sabine, ma petite sœur, ne te laisse pas abattre, je te reste, et je t'aime, moi aussi.

Mme Méautier, Sœur André, Mme Landry et Germaine s'étaient jointes à Mme Aubin pour accompagner les jeunes filles, et leur prodiguaient par leur présence et par leurs paroles de consolantes marques d'affection.

Mais quelle triste rentrée dans l'appartement de la rue de Provence ! Dans ce petit nid qui avait abrité leurs premières détresses, au début de leur séjour à Paris, la jeunesse des trois sœurs si étroitement unies avait trouvé enfin des joies, du bonheur quand même. La paix de leur conscience pure, des [illegible], leur allégeaient le poids du travail et de la pauvreté. Le rire [illegible] de Sabine, les chants de Madeleine y éveillaient de joyeux échos [illegible] Servane, elle-même, y portait vaillamment, y oubliait parfois les soucis de leur existence précaire et la détresse de son cœur aux espérances à jamais brisées.

Maintenant la place vide laissée par la chère disparue, tout ce qui dans ces choses familières rappelait son souvenir, renouvelait le déchirement de la séparation dernière.

Mais, peu à peu, soutenues par le dévouement de leur entourage, Madeleine et Sabine recouvraient leur équilibre moral et ébranlé. Leur douleur perdit de son acuité, et la résignation chrétienne qu'elles puisèrent dans la prière, leur soumission à la volonté divine, inspirée par leur foi inébranlable, mirent un baume sur la plaie vive de leur cœur. Enfin, le travail, obligation impérieuse, apporta un dérivatif à leurs pensées sombres.

XVII

La chambre de Juliette et de Charlotte Méautier servait aux enfants de salle d'étude. Cette pièce, très vaste, ouvrait ses deux fenêtres sur un jardin planté d'arbres qui s'étendait derrière la maison. C'était clair et gai dès que brillait le moindre rayon de soleil, mais ce matin-là, bien qu'on fût en avril, le temps était brumeux et froid, tout paraissait triste sous le jour sombre, et Madeleine, assise dans une embrasure, un livre sur les genoux, se laissait aller à de mélancoliques pensées.

Ses deux élèves, penchées sur la table de travail, s'appliquaient à leurs devoirs ; l'aînée, studieuse et raisonnable, ne se laissait distraire par nulle chose extérieure ; la plus jeune tournait de temps en temps la tête vers son institutrice comme pour quêter une approbation, un encouragement. Et le regard des jolis yeux candides tout remplis de confiance et d'affection attendrissait le cœur de la jeune fille, le sourire de la mignonne enfant appelait un sourire. Mais la lourde tristesse pesait toujours sur le cœur de Madeleine. Au deuil récent dont elle était encore meurtrie allait bientôt s'ajouter une peine nouvelle : le départ de ses petites élèves. Ainsi sa vie qu'elle avait cru voir s'éclaircir de quelques rayons, que sa vaillante résignation lui rendait acceptable, heureuse même parfois, n'était plus tissée que de chagrins.

Dans cette existence de travail devenue la sienne depuis sa ruine, au milieu des tâches fatigantes ou difficiles, elle avait rencontré des compensations inestimables, des joies inespérées ; elle se les remémorait avec amertume au moment de les perdre d'un seul coup.

Mme Méautier, qui, dès le début, l'avait traitée en amie, lui témoignait un affectueux et sincère intérêt ; le commandant professait pour elle une estime profonde ; les enfants l'aimaient comme une seconde mère, et elle-même s'attachait chaque jour davantage à ses petites élèves. Elle se dépensait pour elles sans compter, de toute son âme, de tout son cœur, mais se trouvait payée au centuple par les progrès de leur jeune intelligence, par la tendresse qu'elles lui montraient.

En outre, dans le cercle des relations de Mme Méautier, elle avait conquis de véritables sympathies. Les femmes auxquelles cette dernière donnait le nom d'amies, qu'elle admettait dans son intimité, étaient peu nombreuses, mais étaient dignes de cette recherche, de ce privilège ; et il était doux à la fierté un peu ombrageuse de Madeleine de sentir autour d'elle une cordiale bienveillance qui, sans s'arrêter à l'infériorité de sa situation, prisait par-dessus tout ses qualités, son savoir et sa bonne éducation.

Madeleine avait apprécié à leur valeur toutes ces satisfactions, et il était naturel qu'elle s'effrayât à l'idée de les perdre.

Dans trois ou quatre semaines, le commandant, désigné pour une colonie lointaine, partirait avec sa famille. Ce départ serait pour le cœur aimant de la jeune fille un cruel déchirement.

Indépendamment de la peine que lui causerait l'éloignement des deux chères fillettes et de leur mère, elle devrait chercher de nouvelles élèves, passer encore une fois par les alternatives de crainte et d'espoir de ses débuts, prendre place à un autre foyer étranger. Là, quel sort l'attendait ? A coup sûr, nuls enfants ne remplaceraient dans son cœur Juliette et Charlotte. Ainsi de quelque côté qu'elle se tournât, elle ne voyait plus autour d'elle que tristesse et amertume.

Fort heureusement, ses devoirs journaliers la réclamaient enfin ; toute à sa leçon elle oubliait un moment les pensées déprimantes. Reprise par les habitudes de chaque jour, elle n'avait plus le temps de rêver.

Le jour finissait, et Madeleine était encore au salon avec ses élèves qui venaient de terminer leur leçon de musique. Mme Méautier entra, suivie de son mari. Les fillettes se précipitèrent au-devant de leurs parents et se jetèrent à leur cou. Le père surtout était l'objet de vives démonstrations de tendresse.

— Ne dirait-on pas, s'exclama-t-il, plus amusé que fâché de ces embrassades réitérées qui l'empêchaient d'avancer, ne dirait-on pas que je reviens de Chine pour le moins ?

— Mais on ne t'a pas vu du tout depuis ce matin, mon papa, tu n'as pas déjeuné avec nous, répondit Charlotte entre deux caresses. C'est long, un jour sans toi. Embrasse-moi encore pour ma peine.

— Pourquoi as-tu été absent tout aujourd'hui ? questionna Juliette.

— Raisons de service, petite curieuse. J'avais beaucoup à faire à la caserne. Il faut bien se préparer pour la revue de demain.

— Oh ! c'est vrai, c'est demain le jour de la revue. Je n'y pensais plus. Est-ce que nous irons, maman ?

— Avez-vous été bien raisonnables ? Méritez-vous une récompense ? demanda la mère.

— On a très bien travaillé cette semaine, affirma Charlotte de sa petite voix flûtée. Mlle Précourt est très contente de nous.

— C'est vrai, Mademoiselle ?

— Oui, Madame. Juliette et Charlotte ont été comme d'ordinaire très dociles et m'ont donné satisfaction sur tous les points.

— Tu vois, Cécile, tu n'as plus d'objections à faire, dit le commandant en s'adressant à sa femme. Tu les emmèneras à Vincennes.

— A Vincennes, c'est loin ; alors nous irons en voiture ?

— Dans l'automobile du capitaine de Neurtemart.

— Oh ! qu'il est donc gentil, M. de Neurtemart ! On ira vite, vite, ce sera si amusant ! Pourvu qu'il fasse beau temps ! On va prier le bon Dieu pour qu'il y ait du soleil demain, dis, Juliette ?

— Mais oui, bien sûr. Mademoiselle Précourt, êtes-vous contente aussi ?

Madeleine souriait à la joie de ses élèves.

— Vous savez bien que rien ne me cause plus de plaisir que de vous voir heureuses.

— Oui, je sais, reprit Charlotte. Mais je vous demande si cela vous plaît beaucoup d'aller à la revue.

— Vous acceptez d'être des nôtres, Mademoiselle Madeleine ? s'empressa d'ajouter Mme Méautier. Si je n'ai pas formulé plus tôt cette invitation, c'est que je suis habituée à vous considérer comme faisant partie de la famille ; mais je ne doute pas que vous soyez aussi charmée que nous d'assister à cette belle cérémonie militaire.

— Certainement, Madame ; il m'a été donné très rarement, et cela remonte loin dans mes souvenirs, d'assister à un tel spectacle. Je vous remercie infiniment de me procurer ce grand plaisir.

Le commandant avait pris un journal et en commençait la lecture, qu'il interrompait pour faire à sa femme quelques réflexions sur les faits dont il prenait connaissance. Les enfants, près de leur mère, continuaient leur gai babillage.

Et Madeleine, qui classait machinalement les recueils de musique éparpillés par les mains insouciantes des fillettes, contemplait avec un peu de mélancolie ce tableau de famille.

— Ah ! c'était bien là l'idéal du bonheur ! Que le sort de cette femme était enviable ! Certes, Mme Méautier avait des devoirs à remplir, des obligations sociales et mondaines à subir, mais quelle douce vie était la sienne dans l'intimité, entre son mari et ses enfants! Que restait-il à désirer à celle qui s'appuyait sur une affection si loyale et si forte, qui trouvait en son compagnon l'écho fidèle de ses sentiments, de ses pensées ! Quelle unité parfaite entre ces deux êtres ! Et par-dessus tout cela les suprêmes joies d'une heureuse maternité. Comme ces charmantes fillettes étaient aimées de leur mère! Comme elles répondaient bien à sa sollicitude, à son amour !

Tout oppressée, Madeleine songeait à ce bonheur familial, apanage de tant de femmes, et dont quelques autres doivent se résigner à être à jamais privées. Elle se disait que c'était folie d'envier ce que le sort lui refuserait à jamais. Le sentiment de sa pauvreté, de sa situation humble et dépendante, devait étouffer les aspirations de son cœur jeune et ardent. Sa fierté de race, sa culture raffinée, augmentaient encore la profondeur de l'abîme entre le rêve et la réalité. Elle vieillira lentement, absorbée dans un travail ingrat, coudoyant le bonheur des autres, pour finir dans l'abandon, dans l'isolement.

Elle s'endormit ce soir-là sur ces pensées tristes ; mais le lendemain, sous l'influence d'un soleil vraiment printanier, de la joie exubérante de ses élèves, et aussi gagnée par l'attrait de l'imposante cérémonie à laquelle son cœur et ses yeux ne pouvaient demeurer insensibles, elle sentit se dissiper le malaise moral qui déprimait son énergie coutumière.

Le soir, un peu grisée encore d'enthousiasme patriotique, Madeleine remerciait de nouveau Mme Méautier, à qui elle devait l'inoubliable souvenir de cette émouvante journée.

La femme du commandant observait la jeune fille, cherchait à lire dans son clair regard.

— Comme vous aimez notre beau régiment, Mademoiselle Madeleine ! Eh bien ! que répondriez-vous si je vous disais qu'il ne tient qu'à vous d'en faire partie. Vous me regardez sans me comprendre. Je sais bien que vous n'êtes ni coquette ni vaniteuse, mais vous avez peut-être senti qu'un de nos amis éprouve pour vous une sympathie très vive, une affection profonde ; et ce soir je suis chargée de vous préparer à une prochaine demande en mariage.

— Vraiment, Madame, répondit Madeleine, encore plus surprise qu'émue de cette déclaration, je suis habituée à rencontrer dans votre entourage tant de bienveillance et même tant de franche amitié, que je n'ai fait aucune remarque particulière. Et je ne puis deviner qui peut songer à m'épouser.

— Alors, j'irai droit au but puisque je suis autorisée à vous parler ouvertement. Il s'agit de M. de Neurtemart. Vous le connaissez, vous l'avez vu à maintes reprises cet hiver. C'est un charmant garçon qui fera, je n'en doute pas, un excellent mari. Je suis d'ailleurs bien convaincue de la sincérité de ses sentiments à votre égard. Dites-moi en toute franchise ce que vous pensez du capitaine ? Avez-vous pour lui quelque sympathie ? Croyez-vous pouvoir accueillir sa demande conformément à ses désirs ?

— Cette demande m'honore, me touche profondément. J'admire surtout le désintéressement de M. de Neurtemart ; c'est pour moi la meilleure preuve de sa sincérité. Mais je ne puis rien dire de plus, j'ai besoin de réfléchir ; outre mon sentiment personnel, il y a d'autres considérations à envisager. Puis-je mettre Sœur André dans la confidence ? Je voudrais prendre son conseil avant de rien prononcer qui m'engage vis-à-vis de M. de Neurtemart.

— Je ne vois là rien que de très naturel, ma chère enfant. La question est trop grave pour se régler en quelques heures. Si vous le désirez, vous reverrez encore M. de Neurtemart sans qu'il soit fait allusion à notre entretien de ce soir ; puis vous interrogerez votre cœur et vous vous déciderez en connaissance de cause. J'ai promis au capitaine de plaider sa cause ; je crois plaider en même temps celle de votre bonheur. Cependant, je vous le répète, interrogez-vous, réfléchissez dans le calme de votre vie habituelle, sans précipitation ni parti pris.

Madeleine remerciait avec effusion la mère de ses élèves.

Quel événement imprévu ! Qu'allait-il advenir de tout ceci ? Chaque fois qu'elle se retrouvait seule avec elle-même, elle méditait, tout étonnée de ressentir si peu d'enthousiasme et de demeurer dans une énervante incertitude.

— Je raisonne trop, se répétait-elle. C'est que je n'aime pas le capitaine. Si j'éprouvais pour lui quelque affection, je n'examinerais pas la question sous tant de faces, je n'hésiterais pas, ce serait oui tout de suite. Mais enfin, est-ce que je pourrai l'aimer ? tout est là.

Madeleine en était à ces perplexités, et la question n'avait pas avancé d'un pas lorsque le dimanche arriva.

Avec Sabine elle se rendit à la communauté à l'heure où elle était certaine de trouver leur amie, Sœur André. Pendant que Sabine restait au jardin, la religieuse emmenait Madeleine au parloir. En peu de mots la jeune fille relatait son entretien avec Mme Méautier.

— Rien de plus simple, au premier abord, conclut-elle, et rien de plus compliqué à résoudre que cette question. En première ligne, ce qui me fait presque rejeter sans examen la demande du capitaine, c'est Sabine. Moi mariée, je ne m'appartiens plus, il me semble que je l'abandonne, ma chère petite sœur.

— Sabine ne voudrait pas être un obstacle à votre bonheur, si réellement votre bonheur est en jeu, Madeleine. Vous savez ce qui a été décidé en principe un jour que cette question de mariage fut agitée devant moi par votre sœur elle-même. Elle se suffit par son travail ; si vous ne pouvez lui faire une petite place chez vous, elle trouvera ici un asile de son choix, conforme à ses goûts. Enfin, si M. de Neurtemart vous aime véritablement, il aura à cœur de vous épargner une séparation pénible en vous réunissant autant que possible. De ce côté on peut trouver des arrangements acceptables. Reste donc la question de sentiment, à laquelle vous associez de sérieuses raisons de principes et de convenances, je n'en doute pas. Pour moi, je ne puis vous donner, ma chère enfant, que des conseils généraux, puisque je ne connais pas le capitaine.

— Mme Méautier a beaucoup d'estime pour M. de Neurtemart ; elle se porte garante de la sincérité de ses sentiments et je conviens que ce mariage réunit pour moi des avantages inespérés, des avantages que je ne retrouverai pas une seconde fois, je le sais bien. Non seulement M. de Neurtemart, riche, montre en cette occasion un rare désintéressement, mais je vois aussi en lui un homme cultivé et de bonne éducation ; enfin la fille du comte de Précourt, pauvre ou riche, préférera toujours un homme de son rang, son égal par la naissance à un parvenu quelconque. Et cependant, plus je me répète tout cela, plus je recule devant l'acceptation.

— Alors, c'est que M. de Neurtemart vous déplaît positivement ?

— En vérité, je crois que je deviens une étrange créature. Ne vous moquez pas de moi, ma Sœur. Tenez, depuis que je connais M. de Neurtemart, je l'ai vu, à mon égard, courtois, aimable, et sans lui témoigner ni froideur ni amabilité excessive, je lui accordais volontiers une certaine sympathie. Mais, depuis que je le considère comme un mari éventuel, il me plaît moins. Il y a des moments où sa présence m'est presque importune ; il y a des côtés de son caractère auxquels je n'attachais aucune importance, qui m'amusaient même à observer et qui, maintenant, m'éloignent de lui, qui me choquent même ; par exemple son scepticisme un peu railleur, qui me fait froid à l'âme.

— Ma chère petite, ce sont des indices sérieux. Si vous êtes sûre de ne pas grossir démesurément ces incompatibilités, s'il y a de vous à lui si peu de sympathie, il vaut mieux ne pas poursuivre.

— Oui, voyez-vous, je crois que ce sera la plus sage résolution. Et je vais en finir. Car ces tergiversations, ces discussions avec moi-même m'énervent, m'impatientent.

— Allons, tâchez de retrouver votre calme, Madeleine. Priez, mon enfant, pour que Dieu vous éclaire. Et une fois votre détermination prise, ne pensez plus à la question, ne laissez pas votre imagination vous amollir dans de stériles regrets. Bon courage. Je prierai aussi pour vous, ce soir.

— Merci, ma Sœur, voulez-vous maintenant que nous allions retrouver Sabine ? Elle va s'inquiéter de notre long conciliabule dont nous l'avons exclue.

Comme les deux sœurs rentraient rue de Provence, Sabine, qui avait été tout le jour intriguée de l'air grave et préoccupé de sa sœur, ne put résister plus longtemps au désir d'en connaître la cause.

— Madeleine, dit-elle en venant s'appuyer à l'épaule de l'institutrice, pourquoi gardes-tu si jalousement ton secret ? N'as-tu plus de confiance en moi ? Ou bien un nouveau malheur nous menace-t-il et crains-tu de m'affliger ?.....

— Oh ! ma chérie, rassure-toi bien vite. Il ne s'agit nullement d'un malheur. Aussi bien je peux tout te dire maintenant que ma résolution est prise. Il s'agissait pour moi d'un mariage, auquel, tout bien considéré, je renonce.

— Vrai ! un mariage pour toi ! Et tu ne m'as rien dit, cachottière ! Mais qui a demandé ta main ? et pourquoi refuses-tu ?

— T'ai-je quelquefois nommé M. de Neurtemart, un capitaine que j'ai vu souvent chez Mme Méautier ? Mais je ne l'épouserai pas, parce qu'il ne me plaît pas.

— Tu en es sûre, absolument ?

— Absolument.

— Tu as peut-être tort. Ce capitaine n'est pas le premier venu. Me donnes-tu la vraie raison de ton refus ? J'ai peur que ce ne soit à cause de moi.

— Non, Sabine, je te le jure, je te dis la vérité. Et Sœur André m'approuve.

— Eh bien ! moi, je t'engage à réfléchir encore. Pense à ton avenir incertain..... N'as-tu jamais senti le désir d'un foyer à toi, d'une affection protectrice qui te suive à travers la vie, d'une famille, enfin ?

— Mais, mon foyer, c'est ici ; ma famille, c'est toi, ma chérie, et cela me suffit. Tu m'aimes, je t'aime, nous nous suffisons, j'espère. Je te l'ai dit, je suis résolue, je ne me marierai pas.

— Tu regretteras peut-être.

— Je ne regretterai rien, parce que je n'y penserai plus.

Madeleine s'esquiva, craignant d'être en retard.

Sur le trottoir, à deux pas de la maison, elle croisa Mme Landry qui rentrait de la promenade, accompagnée de son fils. Ils saluèrent la jeune fille, à laquelle Mme Landry adressa un sourire plein de bonté.

Et Madeleine, songeant tout à coup au dévouement, à la délicatesse dont avaient fait preuve ses voisins pendant les jours cruels d'épreuve qu'elle avait traversés récemment, se disait :

— Voilà encore pour nous deux amis véritables. Mme Landry est une femme parfaite, elle a fait de son fils un homme vraiment supérieur. J'aurais voulu trouver en M. de Neurlemart quelque chose du caractère ferme, de l'âme simple et grande de M. Landry. Pauvre capitaine! il va être déçu. J'espère pour lui qu'il se consolera. Il ne manque pas dans le monde de jeunes filles charmantes capables de lui plaire au moins autant que moi.

Madeleine n'eut pas de regrets de sa décision ; il lui resta, au contraire, au fond du cœur un sentiment nouveau qui ranima en elle l'espoir d'un bonheur possible après tout. Ce qu'elle traitait auparavant de chimère pouvait devenir une réalité. La recherche dont elle avait été l'objet ne prouvait-elle pas que, même pauvre et dépendante, elle pouvait être aimée, et aimée pour elle-même, certitude bien douce à un cœur que le malheur avait déjà éclairé sur les mobiles de la plupart des actions humaines : égoïsme, vanité, cupidité?

XVIII

Les dernières semaines du mois de mai avaient aussi été les dernières semaines du séjour de la famille Méautier à Paris. Le commandant, attaché à un régiment de tirailleurs tonkinois résidant à Hanoï, emmenait avec lui sa femme et ses enfants. Madeleine, avec un profond chagrin, avait vu s'éloigner cette famille amie.

En attendant une situation avantageuse et stable, elle donnait chaque jour des leçons de conversation à deux jeunes Anglaises de passage dans la capitale. Elle les accompagnait dans leurs promenades, dans leurs visites aux musées et aux monuments, et rentrait chaque soir près de Sabine.

Mais la santé de la jeune brodeuse inspirait à sa sœur de vives inquiétudes. Le médecin, consulté peu après leur retour à Paris, avait prescrit un traitement sévère. Il fallait à Sabine un régime fortifiant, beaucoup d'air, des distractions, peu de travail et nulle fatigue.

Sabine s'était récriée. A quoi pensait-il, ce docteur, en lui prescrivant un tel régime ? L'obliger à dépenser beaucoup d'argent, et lui interdire d'en gagner, à elle, pauvre ouvrière, c'était fou ! Elle n'obéirait pas.

Mais Madeleine était là pour vaincre les résistances de sa sœur. L'institutrice s'alarmait des symptômes qu'elle observait chez Sabine : c'étaient les yeux creusés qui brillaient d'un éclat fébrile, les joues qui perdaient de jour en jour leurs fraîches couleurs ; c'était surtout cet épuisement extrême à la suite du moindre effort, épuisement que Sabine s'appliquait habilement à dissimuler.

La profonde tendresse de Madeleine la rendait clairvoyante, et leur malheur récent lui faisait plutôt exagérer ses craintes à l'égard de sa chérie.

Aussi employait-elle toute son énergie, toutes les ressources de son affection pour obliger Sabine à se soigner.

Majeure depuis plusieurs mois, Madeleine pouvait disposer à son gré de son petit capital. Il lui était donc facile, moyennant ce sacrifice, de procurer à sa sœur le bien-être et les soins qu'exigeait son état. Plus tard, quand elle serait guérie, Sabine se remettrait au travail, et ce serait bientôt peut-être, si elle consentait à se montrer raisonnable et docile.

Ne fallait-il voir dans cette faiblesse et ces malaises que le contre-coup inévitable et passager d'une secousse morale trop forte pour l'âme délicate et sensible de l'enfant? ou bien la vie de la jeune fille était-elle menacée dans ses sources profondes?

L'institutrice avait un jour confié ses appréhensions à Mme Landry et celle-ci avait fait de son mieux pour la rassurer.

— Voici la belle saison, les longues journées ensoleillées, dit la veuve ; en observant le traitement prescrit, une amélioration se produira très vite, et la guérison suivra.

— Oui, peut-être, si je pouvais convaincre Sabine. Mais quand je ne suis pas là elle s'obstine à travailler, car dans l'inaction elle s'ennuie et elle ne veut pas sortir seule.

— C'est vrai, vous êtes si rarement près d'elle ! Pauvre enfant ! Mais, j'y pense, moi aussi je suis seule, jusqu'à mon départ pour Dommartin. Pourquoi ne nous tiendrions-nous pas mutuellement compagnie ? Ce n'est pas que la société d'une femme de mon âge soit toujours réjouissante ; mais je tâcherai d'égayer votre sœur, et qui sait si, près d'elle, à son contact, je ne rajeunirai pas un peu?

— Oh ! Madame, encore ce dévouement pour nous ? Est-ce que je puis accepter votre offre sans abuser de votre bonté ?

— Allons donc, ne m'octroyez pas tant de mérite. En réunissant nos deux solitudes, Mlle Sabine et moi, nous jouirons d'un bonheur commun, et chacune recevra autant qu'elle donnera.

— Votre délicatesse me touche plus que je ne saurais l'exprimer, dit Madeleine, très émue. Comme je serai rassurée à la pensée que votre douce protection entourera ma sœur quand je ne serai pas auprès d'elle! Elle-même sera bien heureuse, j'en suis sûre d'avance.

Germaine aussi se prodiguait à Sabine, autant que le lui permettaient ses occupations. Elle exhortait son amie à suivre ponctuellement l'ordonnance du médecin, et, par sa gaieté, cherchait à ramener le sourire sur le pâle visage mélancolique.

— Ma chère Germaine, vous ne savez pas ce qu'il faut pour obéir à ce Monsieur de la Faculté, cela peut se résumer en deux mots : du bonheur et de l'argent. Comme s'il suffisait de vouloir pour se procurer l'un et l'autre. Ils sont vraiment extraordinaires, ces faiseurs d'ordonnances.

— Si vous vous révoltez ainsi contre le médecin, contre votre sœur, ce n'est pas raisonnable, Mademoiselle Sabine, et vous vous exposez à devenir sérieusement malade.

— Mais je ne me révolte pas du tout, je constate ce qui est. Avouez que ce docteur ne montre pas de logique pour deux sous. Il me sait pauvre, et il m'ordonne un traitement de millionnaire.

— Puisque Mlle Madeleine assure que vous pouvez le suivre et fait pour cela tout ce qu'il faut, vous devez obéir, déclara Germaine du ton le plus sérieux. Vous m'avez dit vous-même qu'il faut toujours faire son devoir, coûte que coûte, et c'est votre devoir de faire plaisir à votre sœur qui désire avant tout votre bien. C'est mon tour maintenant de vous faire de la morale, et vous voyez que je m'en acquitte assez bien. Si vous ne m'écoutez pas, je serai tout à fait fâchée et je ne viendrai plus vous voir, jamais, foi de Germaine.

Vaincue, Sabine se laissait dorloter et peu à peu lui revenaient la gaieté et la vie.

Les visites de Mme Landry étaient toujours un sujet de joie pour Sabine.

Un jour que les deux amies s'étaient oubliées à causer, François, à son retour de l'usine ayant trouvé son appartement désert, s'enhardit à venir rejoindre sa mère qu'il supposait bien chez ses voisines.

Tour à tour découragé ou rempli d'espoir, François se réjouissait pourtant de l'intimité croissante entre sa mère et les demoiselles de Précourt, et si Madeleine lui paraissait par moments plus froide, plus réservée, à cause peut-être de son chagrin et de ses nouvelles inquiétudes, Sabine, avec son abandon, sa familiarité d'enfant, le mettait à l'aise et l'incitait à la confiance absolue.

Comme il s'informait de sa santé :

— Mais ne voyez-vous pas que je vais tout à fait bien ? répondit-elle. J'engraisse à vue d'œil. Toutes les semaines je prends mes mesures qui augmentent chaque fois d'un bon centimètre. C'est une preuve mathématique, cela, n'est-ce pas, Monsieur Landry ?

— C'est d'un très bon augure, Mademoiselle. Votre sœur a donc eu raison de vous obliger à vous soigner. C'est grâce à ses soins et à sa fermeté que vous avez obtenu ce résultat. Aussi vos amis ont-ils toujours été avec elle et contre vous.

— Je n'ai pas pu lutter contre une pareille coalition.

— Et c'est fort heureux.

Madeleine rentrait à ce moment.

— Là, voilà le tyran du foyer ! s'écria Sabine. Mais je ne suis plus jamais en défaut, n'est-ce pas, Madame ? et je ne serai pas réprimandée ce soir. Je me suis reposée, j'ai pris mes drogues, une ration copieuse d'aliments, et je viens de rire par surcroît.

— A la bonne heure, approuvait Madeleine, en serrant la main des visiteurs. Mais enfin cela sert à quelque chose d'être raisonnable. Voyez quelle bonne mine elle retrouve, ma petite sœur.

— Eh bien! tu sais, tu as bonne mine aussi, toi. Je parie que tes Anglaises t'ont fait trotter une partie de l'après-midi.

— Comme tous les jours. Ma leçon est doublée d'une promenade hygiénique.

— Décidément, tes Anglaises ont du bon. Je leur en voudrais si je te voyais revenir pâle et fatiguée. Un visage pâle, lorsqu'on a vingt ans, c'est affreux, n'est-ce pas ?..... et surtout très triste.

Mme Landry se levait pour partir.

— Sommes-nous assez indiscrets de prolonger ainsi notre visite ! Mettez-nous à la porte.

Sabine protestait. Et Madeleine, la main appuyée sur l'épaule de sa sœur, disait de sa voix chaude et pénétrante :

— C'est moi qui dois, au contraire, vous remercier des bons moments que vous donnez à ma pauvre solitaire. Est-ce que de bons amis comme vous peuvent jamais être indiscrets ? On les reçoit avec un plaisir toujours nouveau.

Elle regardait Mme Landry, mais François gardait en son cœur ces paroles qui lui ouvraient un horizon illuminé d'espérances.

XIX

A quelques jours de là, après le repas du soir, François, qui, selon son habitude, allait descendre à son atelier pour y travailler pendant plusieurs heures, s'approcha de sa mère qui prenait le frais à la fenêtre et lui dit sans préambule :

— C'est bien la semaine prochaine que tu as l'intention de faire une promenade à la campagne avec Mlles de Précourt ?

— Mais oui. Il se trouve que, dorénavant, le mardi après-midi, par un heureux caprice de ses Anglaises, Mlle Madeleine aura liberté entière. Alors l'idée m'est venue de l'inviter avec sa sœur à une petite excursion aux environs de Paris, pas trop loin, pour que le trajet ne fatigue pas Mlle Sabine.

— Eh bien! j'ai, moi, une proposition à te faire. Il faut que j'aille prochainement à Versailles soumettre à un ingénieur des plans que m'a confiés M. Pierre Rollez. Ce dernier met à ma disposition une de ses automobiles. Je puis, en outre, choisir mon jour, et mardi prochain me conviendrait très bien. Veux-tu que je t'emmène ainsi que nos amies ? Je vous déposerai place d'Armes, et pendant le temps que je passerai avec M. Talbot, qui habite rue de Satory, vous pourrez visiter le parc tout à votre aise. Mes affaires terminées, je vous rejoindrai à une heure et à un endroit convenus, puis je vous ramènerai ici. Ma proposition te plaît-elle ? Veux-tu en faire part à nos voisines ?

— Voilà un but de promenade tout trouvé. Je pense que Mlles de Précourt accepteront cette combinaison. Il est bien entendu que c'est toi qui piloteras l'auto ; sans cette condition, je ne serais pas trop rassurée, surtout pour la traversée de Paris.

— Sois sans inquiétude, je serai le chauffeur et je vous conduirai à une allure modérée, afin que vous puissiez jouir de la vue du pays que nous traverserons. Seulement, il nous faudra partir de bonne heure, aux premières minutes de l'après-midi. Tâchez de vous arranger pour cela.

Le projet de Landry rallia tous les suffrages. Une fois seulement les jeunes filles s'étaient rendues à Versailles depuis leur arrivée à Paris, et, limitées par le temps, elles n'avaient visité qu'imparfaitement et très vite le palais et une partie des jardins.

Au jour convenu, elles étaient prêtes et attendaient chez

Mme Landry le moment du départ. Il faisait beau ; une légère brise s'était levée le matin et tempérait la chaleur de cette radieuse journée de juin.

Madeleine et Sabine avaient pris place avec Mme Landry dans l'intérieur de l'automobile. François, au volant, avec une sûreté et une prudence rassurantes, dirigeait la voiture à travers les rues encombrées. Bientôt apparurent les arbres du cours la Reine, puis l'avenue de Versailles ; et, les fortifications franchies, la route s'allongea vers Boulogne et la campagne de la banlieue avec ses riantes localités entourées d'une verdure toute fraîche en cette saison.

Devant le célèbre palais la voiture stoppa, et, tandis que François s'éloignait en ville, les trois femmes pénétrèrent dans la cour d'honneur.

Cette visite intéressait au plus haut point les jeunes filles, dont l'esprit cultivé goûtait si bien les manifestations de l'art sous toutes ses formes.

Mais Madeleine, qui craignait pour Sabine un excès de fatigue, et qui désirait aussi lui faire prendre un peu d'exercice au grand air, proposa d'abréger la visite du musée, pour faire une promenade dans le parc et les jardins. C'était aussi le désir de Mme Landry.

Par l'allée de Cérès et de Flore, puis l'allée d'Apollon, elles se dirigèrent vers les jardins du Petit Trianon. C'est dans cette partie du parc, entre le Moulin et la Maison de la reine, que Landry devait venir les retrouver à la fin de l'après-midi.

A l'ombre d'un bouquet d'arbres, au bord d'une pelouse, Mme Landry et ses compagnes groupèrent leurs sièges rustiques. Et, tout en admirant les divers aspects de cette partie des jardins, les jeux de lumière à travers les branches touffues et sur le miroir de la pièce d'eau, elles causaient avec abandon, ou laissaient tomber la conversation, au gré de leur fantaisie.

Au bout d'une heure, Sabine ayant manifesté le désir de prolonger encore ces instants de repos, Madeleine seule s'éloigna pour parcourir en détail le Hameau, à peu près désert ce jour-là. Comme elle revenait lentement vers son point de départ, elle s'arrêta sous un énorme cèdre, ravie de contempler, et tout à son aise, le séduisant tableau qui s'offrait à ses yeux. Elle s'imprégnait de la poésie et des souvenirs qu'évoquait en son esprit ce lieu charmant où l'art et la nature se mariaient avec grâce et majesté. Sa pensée flottait douce et mélancolique, ressuscitant des visions du passé où dominait la figure, où passait l'âme de l'infortunée jeune reine qui avait vécu là des jours fugitifs d'insouciance et de bonheur.

Elle ne voyait même pas les rares promeneurs qui traversaient l'allée à quelque distance d'elle ; à peine percevait-elle de temps en temps un faible écho du rire ou de la voix de Sabine apporté par la brise qui agitait au-dessus de sa tête les grands rameaux du cèdre.

Pourtant l'heure du départ allait bientôt sonner. François, un peu en avance sur l'heure du rendez-vous, venait d'arriver près de Mme Landry et de Sabine ; il avait pris la place laissée vide par Madeleine et se mêlait à la conversation des deux femmes. Mais son regard s'attachait souvent vers un profil qu'il avait cru apercevoir à cent mètres de là, à travers l'écran des branches vertes.

— Madeleine oublie l'heure et nous oublie aussi! s'écria tout à coup Sabine. Où est-elle donc passée ?

— Je crois voir Mlle Madeleine non loin d'ici, elle ne s'est pas égarée ; soyez sans crainte.

— Il faudrait peut-être la prévenir que nous allons bientôt partir. Voulez-vous bien vous charger de la commission, Monsieur Landry ?

— Volontiers, Mademoiselle.

Landry se leva. Il s'approchait lentement de la jeune fille, et, elle, absorbée dans sa rêverie, ne le voyait pas, ne l'entendait point venir. Debout, adossée au gros tronc de l'arbre, les mains appuyées au dossier de sa chaise rustique, elle se tenait la tête penchée. Ses beaux cheveux châtains qui, en pleine lumière, prenaient des tons d'or bruni, paraissaient plus sombres dans l'ombre du chapeau et du voile léger qui s'agitait autour de ses épaules. La lumière du regard éclairait doucement toute sa physionomie. Mais l'expression sérieuse de son visage, son immobilité, accentuaient la ligne volontaire de son profil, des lèvres bien arquées, du menton au ferme dessin.

Elle fit un mouvement lorsque François fut presque arrivé près d'elle, et, sans marquer ni étonnement ni plaisir, l'esprit encore rempli des pensées si lointaines de sa propre vie, elle l'attendit.

— Je ne suis rien pour elle ! Telle fut l'idée qui traversa comme un trait l'esprit de François. Ne me trouve-t-elle pas gauche et stupide ? Je ne suis pas de son monde, ce monde dont elle est issue ; je n'ai aucune des qualités qui peuvent flatter sa délicatesse d'aristocrate. Jamais je ne serai capable de parler de banalités avec esprit et agrément. Je crains tout autant de paraître pédant et prétentieux, et je ne trouve rien à lui dire.

Elle parla la première :

— Vous venez me chercher, n'est-ce pas ? Il est tard et vous songez au retour.

— C'est vous-même qui fixerez le moment du départ, répondit-il. Désirez-vous rester encore ?

— Je le voudrais. Mais il faut être raisonnable. Bientôt il fera frais et je crains que Sabine prenne froid. Le temps a passé trop vite. Mais vous, vous n'avez pas joui de cette délicieuse promenade.

— Je le regrette vivement. J'ai cependant la grande satisfaction de penser que vous avez pris quelque plaisir à cette visite.

— Un grand intérêt, un immense plaisir. J'aime surtout cette partie du parc que je vois aujourd'hui pour la première fois.

— J'étais certain d'avance que ce coin charmant vous plairait mieux que tout autre. C'est pourquoi je l'avais indiqué à ma mère pour notre rendez-vous.

— Et puis, continua Madeleine poursuivant son idée, on a l'avantage de n'y pas rencontrer la foule, comme dans les grandes allées et autour des bassins. On peut y méditer à son aise sans être troublée d'aucune façon. Il y a de ces heures, savez-vous, où le silence, la solitude absolue deviennent pour l'esprit et pour le corps un réel besoin.

— Alors, pardonnez-moi d'être venu en cet instant. Votre sœur vous réclamait ; sans cela je ne me serais pas permis de troubler votre méditation.

Il allait s'éloigner de nouveau, attristé et assombri.

— Mais, dit vivement Madeleine qui se retourna tout à fait vers lui et le retint du geste, vous n'êtes pas la foule, et je serais très fâchée que vous prissiez pour vous ce que je viens de dire. Ma méditation peut se terminer en causerie. J'ai pensé tout haut, en vous livrant une de mes impressions, parce que je me sens en confiance avec vous. Ai-je tort ?

— Oh! je vous comprends bien, et cette confiance me touche, croyez-le, affirma-t-il tout à fait convaincu, cette fois, et reconquis.

— Alors admirez avec moi le joli tableau que nous avons sous les yeux. Cette fraîcheur, ce calme, après le vacarme et le tourbillon de Paris, c'est délicieux, n'est-ce pas ?

— Oui, cela fait du bien, cela retrempe toutes les forces. Et puis, ce qui est vraiment beau, et le beau est ici prodigué, jeté à profusion, nous élève au-dessus de nous-mêmes ; on se sent alors un peu meilleur, l'esprit mieux disposé, le cœur plus heureux.

— Oui, pourvu que l'on soit apte à recevoir ces impressions

que ne ressentent pas les âmes vulgaires. Et je ne m'imagine pas que la foule en général, celle que l'on coudoie ici à de certains jours, goûte de cette façon la poésie du lieu. Je vous le confesse, je n'aime pas dans ce cadre la multitude bruyante du dimanche, par exemple, avec sa curiosité banale. Parmi ces souvenirs glorieux ou tristes des siècles passés, devant ces chefs-d'œuvre qui évoquent de grandes ou de touchantes pages d'histoire, la cohue, les cris, les rires de la foule, me font l'effet d'une profanation. C'est ce que j'ai éprouvé, un jour de fête, la première fois que je suis venue ici. Mais, aujourd'hui, j'ai admiré pleinement, j'ai savouré cette joie dans la paix et le recueillement que j'aime. Je vous en remercie, puisque c'est à vous que je dois cette jouissance.

— Qui se renouvellera, si vous le voulez bien. J'aurai encore l'occasion de revenir à Versailles, et vous ferez au château une seconde visite ; nous éviterons les jours d'affluence, et vous verrez, dans les conditions que vous aimez, ce que vous n'avez pu parcourir aujourd'hui. Vous acceptez ?

— La tentation est forte. Mais je n'aurai peut-être plus la même liberté qu'aujourd'hui.

— Faisons des vœux pour que les circonstances favorisent notre projet. Et en attendant, dites oui quand même.

— C'est dit, j'accepte. Mais voyez donc : je ne suis pas la seule qui ait goûté le charme de cette heureuse journée. Je retrouve chez Sabine son expression d'autrefois lorsqu'elle trouvait tout beau, tout bon dans la vie.

— C'est que la santé lui revient, et le moral s'en ressent ; elle éprouve le bien-être et la douce renaissance de tous les convalescents. Remarquez-vous aussi que Mlle Sabine et ma mère s'entendent à merveille ?

— Votre mère est si bonne ; nous avons trouvé en elle une parfaite amie. Elle a bien sa part dans l'œuvre de résurrection de ma chère petite sœur.

— Oh ! vous savez, se dévouer, se prodiguer à ceux qu'elle aime est, pour ma mère, un besoin de son cœur, et la plus grande satisfaction qu'elle recherche. Mais elle trouve encore une récompense dans l'amitié que vous lui portez. Ah ! voilà Mlle Sabine qui nous fait des signaux.

— Allons, cette fois, il est vraiment l'heure de partir.

Les quatre promeneurs revenaient à pas lents vers le château et la sortie.

Les grands arbres des avenues et des bosquets alignaient à perte de vue leurs masses verdoyantes assombries par places, là où les rayons obliques du soleil n'atteignaient déjà plus. Les eaux des bassins étincelaient, plaquées de moire, réfléchissant les statues et les groupes de bronze. Dans le ciel, d'un bleu très doux, passaient quelques nuages légers, comme des flocons d'écume suspendus dans l'air limpide. C'était exquis ; et les jeunes filles, ainsi que leurs compagnons, presque silencieux, savouraient la douceur de cettte heure qui n'avait ni la mélancolie du crépuscule ni le brillant éclat du milieu du jour.

Le soir tombait quand l'automobile s'arrêta devant la maison de la rue de Provence. Et les deux sœurs, en posant le pied sur le trottoir, éprouvèrent le même sentiment un peu triste qui suit presque toujours les courts instants d'un grand bonheur. L'enchantement était fini.

Sabine, un peu engourdie par la fatigue, trouva pourtant la force de remercier leur conducteur. Madeleine tendait la main à Landry ; son au revoir cordial et le sourire de ses yeux accompagnaient son étreinte amicale.

Les trois femmes pénétraient dans la maison, et l'auto virait vers la chaussée d'Antin, François devant achever sa soirée chez M. Pierre Rollez, dont le domicile particulier était situé avenue de Clichy.

— Voulez-vous, Mesdemoiselles, accepter mon invitation faite sans cérémonie, et partager avec moi un repas improvisé ? dit Mme Landry en s'arrêtant devant sa porte. Notre dîner sera frugal, et vite préparé, mais le plaisir de passer encore quelques moments ensemble compensera la simplicité du menu.

Madeleine et Sabine sentirent qu'un refus aurait peiné l'excellente femme ; elles acceptèrent.

Le repas fut court, et, à cause de Sabine qui avait vraiment besoin de repos, les jeunes filles prirent congé de bonne heure.

Sabine dormait depuis longtemps que Madeleine veillait encore, accoudée au balcon de sa chambre. Tous les instants de ce radieux après-midi et de cette soirée repassaient devant son esprit. Il lui était doux de penser aux relations plus étroites nouées avec leurs voisins. Jamais encore les joies de l'amitié ne lui avaient semblé si pures ni si profondes. Elle unissait le fils et la mère dans la même pensée de sympathie et d'affection. Ils semblaient si bien ne faire qu'un en une parfaite communion d'idées et de sentiments. Mme Landry n'avait-elle pas formé, pétri à son image l'âme de son fils ? Ils vivaient l'un pour l'autre et d'une même vie, même lorsqu'ils étaient séparés. Ce soir encore, au cours du dîner, Mme Landry avait à peine prononcé le nom de François, et pourtant l'on sentait sa pensée intime toute à lui ; c'est à lui que se rapportaient ses habitudes, ses projets, ses désirs et ses craintes. Le bonheur du fils semblait être la seule raison d'exister de la mère.

Peut-être cette excessive tendresse aurait-elle développé l'égoïsme chez un autre moins heureusement doué que François. Mais, d'autre part, avec une fermeté et une autorité affectueuses, Mme Landry n'avait cessé de jeter, de fortifier dans l'esprit de l'enfant, puis du jeune homme, les principes immortels du devoir. Profondément chrétienne, elle avait veillé avec soin pour que la foi en Dieu, la divine charité, base de toute morale, prissent dans le cœur de son fils de solides racines.

Et pensant à Landry, à ce caractère d'homme, simple et bon, et vraiment supérieur, Madeleine se répétait à elle-même :

— Mme Landry est une femme heureuse.

XX

— Le nuage a passé, il ne pleuvra pas, dit tout à coup Sabine qui, de la fenêtre, venait de regarder le ciel. Et mes pauvres plantes meurent de soif, leurs feuilles sont grises de poussière. Ici, sur le balcon, je leur distribue l'eau trop parcimonieusement pour que cela leur suffise par ce temps de grande chaleur. Si je ne me sentais très lasse et accablée aujourd'hui, j'aurais vite fait de descendre dans la cour et de les arroser copieusement sous le robinet. Ainsi, je leur sauverais la vie.

— Mais rien n'est plus simple, c'est moi qui vais prendre ce soin, répondit Madeleine.

Depuis plusieurs jours, l'institutrice se trouvait libre par suite du départ des jeunes Anglaises ; elle devait entrer la semaine suivante seulement chez de nouvelles élèves près desquelles elle passerait la journée pour revenir chaque soir rue de Provence.

Sabine allait mieux, mais n'était pas encore très valide, et ces journées de juillet, chaudes et lourdes, la fatiguaient au point de lui enlever tout désir de marcher, de sortir. Aussi tenait-elle d'autant plus à sa collection de plantes qui garnissaient le balcon et les coins de la salle à manger. Leur vue et les soins qu'elle leur donnait étaient une de ses dictractions favorites.

En plusieurs fois, Madeleine descendit les petits arbustes dans la cour, et commença leur toilette. Munie d'un arrosoir, elle lavait et rafraîchissait les feuillages qui se redressaient et retrouvaient leur luisant.

Ayant enfin terminé l'opération, elle se disposa à remonter, et prit une première charge de pots. Mais, au bas de l'escalier, elle fut arrêtée par un obstacle imprévu. Des déménageurs apportaient dans la maison un mobilier et, en ce moment même, ils avaient peine à hisser dans l'escalier un piano de grandes dimensions qui obstruait tout le passage. Madeleine revint sur ses pas et attendit sur le seuil, à l'entrée de la cour, que son chemin fût libre.

Il y avait à peine deux minutes qu'elle se tenait là, impatiente et ennuyée, lorsque Landry sortit de son atelier. Lui aussi voulait regagner son appartement et se trouvait arrêté par l'obstacle. Il salua la jeune fille et échangea quelques phrases avec elle.

— Vraiment, Mademoiselle, dit-il tout à coup, nous sommes assez mal au milieu de ce courant d'air et de ce remue-ménage. Ces hommes vont nous barrer la route jusqu'au troisième étage, ce qui demandera encore un bon quart d'heure. Faites-moi l'honneur d'accepter l'hospitalité de ma caverne, bien inconfortable, mais où vous serez cependant mieux qu'ici. Au moins, j'aurai un siège à vous offrir.

François avait déjà ouvert la porte de son atelier, à trois pas de là.

Du geste, il invitait la jeune fille à entrer.

Pour la première fois, Madeleine pénétrait dans ce lieu où Landry avait vécu tant d'heures studieuses, appliqué à des essais, à des recherches qui devaient le rapprocher chaque jour du but poursuivi.

Il avait avancé au milieu de la pièce un fauteuil de cuir, et lui restait debout près de sa table à dessiner.

Madeleine examinait curieusement ce vaste atelier qui ressemblait aussi à une salle d'études, avec son grand tableau noir et ses rayons chargés de livres.

Une armoire entr'ouverte laissait voir des rouleaux de papier, des objets et des outils dont la jeune fille ignorait le nom et l'usage.

Fixés au mur, le recouvrant d'une bizarre tapisserie, de nombreux feuillets représentaient des diagrammes de machines, des croquis, des épures. La table était jonchée de papiers couverts de chiffres et de signes algébriques aussi difficiles à déchiffrer que des hiéroglyphes.

A l'autre extrémité de l'atelier, de larges étagères supportaient des pièces métalliques aux formes étranges, des piles, une dynamo. Enfin, dans un angle étaient repoussés l'enclume et l'étau de l'ajusteur ; la cheminée était disposée en foyer de forge avec son soufflet.

— Oh ! vous êtes bien ici pour travailler. Comme c'est clair et tranquille, cet atelier. Aucun bruit du dehors n'y parvient, fit Madeleine en s'asseyant en face de Landry.

— Savez-vous que c'est une vraie trouvaille, cette pièce aménagée si aisément, et proche de notre appartement ?

— Ce qui vous permet d'employer à vos travaux particuliers la plus grande part de vos loisirs, sans perte de temps. Mais après vos journées à l'usine, reprendre ici des études et un labeur ardu, c'est un surmenage contre lequel Mme Landry ne proteste-t-elle pas ?

— Un peu, il faut l'avouer. Ma mère est prompte à s'inquiéter lorsqu'il s'agit de moi. Enfin, elle commence à en prendre son parti. Vous le comprenez bien aussi : lorsqu'on s'est proposé un but, et qu'on ne peut l'atteindre sans de grands efforts, il ne faut pas craindre sa peine ni se ménager. Mais cela ne va pas sans compensations : la solution d'une question difficile, le succès d'une expérience font oublier la fatigue, redonnent à l'esprit une nouvelle vigueur.

— Oh ! comme l'on voit que vous aimez votre métier !

— Oui, beaucoup, Mademoiselle. La mécanique a toujours eu un vif attrait pour moi. J'avais quelques aptitudes que le travail a développées. Et je n'ai jamais regretté d'avoir choisi cette voie: il y a dans cet art des problèmes qui me passionnent; la solution de certains d'entre eux suffirait à remplir une vie. Mais c'est trop parler de moi, en vérité. Nous pourrions choisir un sujet de conversation plus intéressant.

— Ne vous défendez pas ; il me plaît, au contraire, de vous entendre parler de ces choses, nouvelles pour moi. Je voudrais savoir le nom de ces machines que représentent ces planches, en connaître la destination, l'usage. Mais cela nous mènerait loin, et je ne suis pas certaine que ma mémoire retiendrait ces notions arides et les termes techniques. Sans compter que je vous ferais perdre des moments précieux..... Est-ce que nos déménageurs n'ont pas fini ? le quart d'heure que nous leur donnions doit être à peu près écoulé.

Madeleine se leva pour partir, et, souriante, tournée vers Landry qui suivait du regard et en silence les mouvements gracieux de la jeune fille :

— Vous venez aussi ? demanda-t-elle.

Obéissant à une impulsion soudaine, il la rejoignit et, la prenant par la main, il la ramena doucement vers le siège qu'elle venait de quitter.

— Ne partez pas si vite, restez un moment encore, voulez-vous ? implora-t-il. Laissez-moi jouir, quelques minutes de plus, de votre chère présence. Si vous saviez !..... Quand vous ne serez plus là, quand je me retrouverai seul ici, ce soir, demain, tant d'autres jours encore, je serai si heureux de ce souvenir.

Madeleine, un peu interdite, ne bougeait pas, ne trouvait pas une parole à dire. Une émotion violente faisait battre son cœur et troublait sa pensée.

Son regard rencontra celui de François, et, d'une voix mal assurée, elle murmura, sans trop savoir ce qu'elle disait :

— Non, il vaut mieux que je m'en aille. Sabine doit s'étonner de mon absence.

— Oh ! reprit François, j'aurais tant voulu vous dire ces paroles qui si souvent sont venues jusqu'à mes lèvres et que je n'ai pas osé prononcer.

Et comme elle demeurait immobile, absorbée par ses propres pensées, il crut voir dans cette attitude un encouragement et reprit d'un accent plus ferme :

— Mademoiselle Madeleine, de grâce, écoutez-moi, et soyez indulgente : je suis si malhabile à exprimer ce que je ressens. Au moins, croyez à ma sincérité, à mon respect. Je vous aime, cela vous l'avez deviné, vous l'avez senti depuis longtemps, sans en éprouver ni ennui ni colère, vous que je place avec raison si fort au-dessus de moi. Vous m'avez, au contraire, appelé votre ami, ce qui m'a causé autant de fierté que de joie, ce qui me donne aujourd'hui le courage de vous dire : ma vie est à vous, mon bonheur entre vos mains ; voulez-vous m'aimer un peu ? Puis-je espérer que vous consentirez à devenir ma femme ?

Aux premières paroles de Landry, une émotion douce et profonde avait rempli le cœur de Madeleine ; mais, devant la question de laquelle loyalement elle devait répondre, son orgueil de race se redressa, se révolta. Epouser Landry, elle, Madeleine de Précourt ! Ah ! c'était impossible. Comment admettre qu'elle pût jamais y consentir ? Il fallait parler, mettre fin à cet entretien déjà trop long. En relevant les yeux vers Landry, elle comprit quel coup brutal elle allait porter à cet être sincère et bon, et elle éprouva une réelle souffrance.

— Pardonnez-moi, articula-t-elle d'une voix altérée, pardonnez-moi la peine que je vais vous causer. Je ne puis pas être votre femme. Je vous considère, je vous considérerai toujours comme l'ami le meilleur, le plus loyal ; je n'estime personne au monde plus que vous. Mais si un devoir se dresse devant moi et s'oppose à la réalisation de vos vœux, puis-je m'y soustraire ? Est-ce vous, si ferme et si droit, qui me donnerez ce conseil ?

Elle avait prononcé ces dernières phrases avec calme et avec douceur.

— Un devoir ! répéta François, un devoir ! Ah ! vous pensez à votre sœur que vous ne voulez, que vous ne pouvez pas quitter. Croyez-vous donc que je songe à vous séparer ? Mais je vous veux avant tout heureuse, Madeleine. Aussi votre chère Sabine, devenue vraiment ma sœur, aura sa place à notre foyer. Et ce sera encore un bonheur pour moi. Tout ce que vous aimez m'est plus cher que moi-même.

Maintenant Madeleine ne parvenait plus à se reconnaître dans le chaos de sentiments et de résolutions qui agitait son âme. En une révélation subite lui apparaissait ce que le cœur de François, ce cœur qu'elle connaissait déjà si noble et si grand, renfermait pour elle de tendresse, de dévouement infini.

Et elle sentait qu'elle-même l'aimait d'un pareil amour. Il y avait tant d'affinités entre leurs deux âmes, le même idéal les élevait l'un et l'autre au-dessus de tout ce qui est vulgaire, mesquin ou vil, les mêmes préceptes régissaient leur vie. Ah ! quel rêve, quel bonheur de parcourir la route d'ici-bas, la main appuyée à cette main ferme, le cœur près de ce cœur vaillant et généreux !

Mais alors Madeleine devait fouler aux pieds des traditions auxquelles son âme de patricienne était fortement attachée ; il lui fallait renier des principes qu'elle s'était juré de garder intacts comme le seul et dernier trésor légué par les générations dont elle était issue. Aux dernières descendantes des Précourt, à elle d'abord, l'aînée de Sabine, incombaient les devoirs inhérents au souci de la race, à l'honneur du nom. Pouvait-elle le sacrifier, ce nom de Précourt, si noblement porté par une longue suite d'ancêtres, l'échanger contre le nom obscur de ce petit fils de paysans ? Noblesse oblige. Même dans sa ruine, elle se considérait encore trop haute pour qu'il pût l'atteindre. Mais alors il fallait renoncer au bonheur, souffrir encore, souffrir toujours..... Un instant ses traits se contractèrent dans l'effort de sa volonté en lutte avec l'impulsion de son cœur. Elle se pencha comme sous le poids d'un fardeau lourd.

François attendait, pâle, le cœur battant. Il connaissait le caractère réfléchi et résolu de la jeune fille, la fierté et la délicatesse de son âme ; mais le trouble qui trahissait l'attitude de Madeleine, ce travail de la pensée que révélait son front barré par les sourcils rapprochés lui causaient une vague appréhension. Ce qu'elle allait dire tout à l'heure, même d'un seul mot, aurait la valeur d'un serment, serait sa décision raisonnée et sans appel.

Brusquement, comme si ce mouvement physique eût dû fortifier son énergie, rappeler sa volonté défaillante, Madeleine se redressa, secoua ses épaules.

— Vous me rendez mon devoir si difficile ! murmura-t-elle. La nouvelle et grande preuve d'affection que vous me donnez me touche, m'émeut profondément. Mais elle ne peut rien changer à ce qui existe, à la fatalité à laquelle je dois me soumettre.

— Oh ! s'écria Landry en un cri de souffrance. C'est donc que vous ne m'aimez pas ! Je me suis trompé quand j'ai cru à votre affection, quand je vous ai vue m'écouter avec une émotion qui semblait répondre à la mienne. Pourquoi ce revirement ? Vous aurais-je blessée sans le savoir ? Ne puis-je rien espérer ? Oh ! ne me repoussez pas tout à fait, laissez-moi croire qu'un jour vous serez gagnée, vaincue par la force de mon amour, par l'ardeur de mon dévouement, prêt à tout pour vous conquérir.

— Je vous en supplie, répondit-elle brisée et tremblante, ne me demandez rien ni pour le présent ni pour l'avenir. Je ne puis pas vous promettre ce que je sais ne pouvoir tenir. Comprenez-moi et ne me jugez pas sans m'entendre. Je vous garde toute l'estime que vous méritez, plus d'affection, plus de gratitude que je ne puis l'exprimer, mais je ne me reconnais pas le droit de rompre avec les traditions de ma race en acceptant de vous épouser. Ne sentez-vous pas ce qu'il m'en coûte de vous parler ainsi, de vous causer un chagrin, à vous qui vous êtes montré si bon, si dévoué pour nous, à vous qui m'aimez, ah ! je le sens ! comme je désirais être aimée !..... Pourquoi faut-il que vous m'ayez parlé ce soir ? Nous pouvions demeurer amis, comme par le passé. Et maintenant nous nous sommes brisé le cœur !

Agité et nerveux, Landry avait fait quelques pas à travers l'atelier. Il revint s'asseoir, accablé, près de la table, dont il repoussa d'un geste las l'amas de papiers.

— Ainsi, dit-il, un pli amer aux lèvres, voilà ce que je n'aurais jamais dû oublier : votre rang, votre naissance. Moi, je n'ai pas de titres de noblesse à mettre en regard des vôtres ; je ne suis qu'un humble travailleur, à peine plus qu'un ouvrier. Et mon amour, si grand qu'il puisse être, n'effacera jamais ma roture. J'ai eu tort de méconnaître cet obstacle qu'un préjugé de caste dresse entre nous. Je me serais épargné une souffrance, j'aurais évité cette scène ridicule. Qui sait ? continua-t-il d'un ton de froide ironie, peut-être vous jugez-vous offensée que j'aie songé à vous offrir ce qui pourtant, à mes yeux, vaut mieux que ce titre dont vous êtes fière, ce que certains d'entre vos pairs ne pourraient vous donner, un amour pur et loyal, un nom sans tache, un nom que je porte avec orgueil parce que mes ancêtres, à moi, pauvres paysans, obscurs, êtres de devoir et de vertu, l'ont porté avec honneur.

Ces paroles, et surtout le ton hautain et mordant dont elles étaient prononcées, blessaient profondément Madeleine. Elle se tourna à demi vers François, et, très pâle, retenant à grand'peine des larmes prêtes à jaillir, elle dit :

— Vous êtes injuste et dur. Je souffre aussi, moi, mais je m'incline devant ce que je considère comme un devoir.

Et, brusquement, elle sortit de l'atelier.

Son visage portait la trace de l'émotion récente quand elle reparut près de Sabine.

— Qu'as-tu, Madeleine ? Tu es souffrante ?

— Fatiguée seulement, répondit-elle. L'air est si lourd, ce soir. Je t'en prie, ne me force pas à parler, la tête me fait mal. J'ai besoin de repos. Mais, rassure-toi, il n'y paraîtra plus demain.

Et Madeleine, immobile et les yeux fermés, se répétait inlassablement et désespérément :

— Je l'aime ! oh ! oui, je l'aime ! Et c'était peut-être le bonheur, et je l'ai repoussé !

Au fond de son âme, elle n'était pas bien certaine qu'en faisant un tel sacrifice, elle avait accompli un devoir.

XXI

A la suite de cette scène, Landry vécut de sombres heures. Le cœur brisé, la pensée anéantie, il éprouva le vertige, la sensation d'écroulement qui accompagne les subites et irrémédiables épreuves. Il connut les crises de défaillance où l'âme, abandonnée à ses propres forces, passe si aisément de la révolte au désespoir.

Mais il avait la foi, il croyait en la parole du Maître : « Venez à moi, vous qui êtes chargés, je vous soulagerai. »

Et de ses lèvres, qui ne s'étaient jamais déshabituées de la prière, jaillit le cri, l'appel suprême au Dieu consolateur. Avec le saint livre de l'*Imitation*, il répéta : « Mon Père, les angoisses m'environnent ! Délivrez-moi de cette heure terrible, de ce temps d'amertume et d'accablement. »

Rien ne parut changé dans sa vie ; personne, ni sa mère ni son ami Ringeval, ne reçurent ses confidences : il ne voulait pas de témoins de sa lutte contre lui-même. Car à la crise aiguë succédait le chagrin sourd et déprimant, plus pénible encore à sa nature active et énergique. N'ayant rien à attendre, rien à espérer, il fallait plier devant l'impossible, s'avouer vaincu en présence de l'irrévocable ; ce renoncement absolu, c'est pour un être de force et d'action la plus dure souffrance.

Renverser des obstacles, combattre, agir, ç'aurait été espérer encore et quand même. Mais il connaissait trop bien l'altière volonté de Madeleine pour se permettre un espoir, cette volonté réfléchie qui s'appuyait, selon elle, sur un devoir. Essayer de la faire fléchir, c'était s'abaisser, s'amoindrir à ses yeux, perdre l'estime que peut-être elle lui gardait encore. Enfin, si elle avait son orgueil, il avait sa fierté.

D'autres fois, regrettant le passé, il déplorait son aveu qui les avait séparés à jamais. Les joies perdues, le charme de leur intimité pleine de confiance, avant les décisives paroles, lui apparaissaient, dans le souvenir, plus douces, plus profondes. Est-ce que l'amitié de Madeleine n'aurait pas dû lui suffire ? Pour avoir trop demandé, il avait tout perdu. Le charme était rompu, ils ne pouvaient plus s'entendre; un abîme s'était creusé entre eux.

Il continua ses travaux personnels, mais sans ardeur, sans enthousiasme. M. Pierre Rollez lui prodiguait, comme par le passé, les encouragements et s'étonnait de ne pas voir venir le résultat qu'il attendait avec impatience.

Une autre cause paralysait l'action du jeune inventeur : Ringeval, malgré ses efforts, n'avait pu encore lui rembourser qu'une partie de la somme avancée lors de sa tragique aventure. Mais l'amitié de M. Rollez devait aplanir cette difficulté. Eclairé par ses propres observations autant que par les hésitations et les réticences de François, il comprit bientôt que la question d'argent surtout retardait la réalisation des projets et des expériences de Landry.

— Vraiment, mon cher ami, votre peu de confiance en moi m'afflige et me déconcerte, lui dit-il un jour. Pourquoi tant de scrupules de votre part ? Parlons franc : il vous manque quelques billets de mille pour atteindre votre but, et vous hésitez à me les emprunter, à moi qui sais la valeur de votre invention ? C'est de l'enfantillage. Allons, je mets dès aujourd'hui à votre disposition la somme qui vous est nécessaire, mais agissez, allez de l'avant. Vous savez que l'exposition industrielle de Londres ouvrira ses portes au 1er janvier prochain. Eh bien ! il faut que vos appareils y figurent en bonne place. Bientôt j'irai choisir le stand destiné à nos machines ; je vous réserverai la place nécessaire pour votre propre exposition.

D'ailleurs, si vous le voulez bien, ce sera vous qui présiderez à l'aménagement de notre groupe, et qui représenterez là-bas notre maison. Je veux non seulement que vous jouissiez de votre succès, mais vous mettre un peu en lumière, homme trop modeste. Courage ! Landry, vous approchez du but.

Une fois vaincue la difficulté pécuniaire, une fois sa parole engagée vis-à-vis de son patron, devenu du même coup son ami et son associé, François reprit sa tâche avec ardeur.

Et, après deux mois de travail acharné, commença la série des expériences décisives. Les essais donnèrent pleine satisfaction à l'inventeur : les moteurs « Landry » faisaient merveille.

— Vous tenez un succès mondial, disait M. Rollez enthousiasmé. Vos appareils enlèveront les premières récompenses au concours, et haut la main ; vous verrez ça, Landry. Et votre fortune est faite. Honneur et argent, hein ! Qu'en dites-vous ? Mais déridez-vous, que diable ! Pourquoi ce front soucieux en un pareil moment ? Avez-vous quelque autre projet en tête, qui vous cause du souci, jeune ambitieux ? Parce qu'alors on pourrait peut-être vous aider. Non ? Alors je ne m'explique pas..... à moins que le surmenage n'ait ébranlé vos nerfs. Vous irez les calmer en Angleterre, mon ami. Ce petit voyage vous fera du bien.

Et c'est ainsi que Landry, un soir de décembre, partit pour Londres, où il devait faire un séjour de quelque durée.

Avant de partir, d'après le conseil et sur les indications de M. Rollez, il avait loué un gentil et confortable pavillon entre cour et jardin dans le quartier de Vaugirard, à proximité d'Issy, où, pour cause d'agrandissements, les frères Rollez venaient d'établir une nouvelle usine dont François devait avoir la direction. Ce n'avait pas été sans une peine réelle que Mme Landry avait quitté son appartement de la rue de Provence. Pendant les quinze années qu'elle avait vécu dans cette maison, que de souvenirs s'étaient amassés et s'y rattachaient ! Il lui fallait rompre des habitudes, s'éloigner de visages connus, de sa petite protégée Germaine, sur laquelle elle ne pourrait plus veiller aussi efficacement ; enfin, renoncer à son intimité avec les demoiselles de Précourt, ses amies encore plus que ses voisines, absentes depuis son retour de Dommartin, mais qui devaient réintégrer leur appartement au commencement du printemps.

Mais, d'autre part, elle jouissait si profondément de la réussite, du triomphe de son fils ! Elle le voyait s'occuper avec entrain, avec joie, de l'arrangement de leur nouvelle demeure, et ces satisfactions absorbaient en partie le mélancolique regret de leur vieux logis.

Une chose pourtant l'inquiétait : trop souvent, lorsqu'il ne se croyait pas observé, François gardait un visage triste et soucieux qu'elle ne lui avait jamais vu, même aux plus sombres jours d'autrefois. Le brillant résultat qui, depuis tant d'années, était le but de son activité, qui dépassait même ses espérances, ne suffisait donc pas à son bonheur ? Quel souci ou quelle peine accablait encore le cœur de son enfant ?

Elle avait essayé de l'interroger, de provoquer ses confidences, mais il gardait jalousement le secret de sa douleur.

Elle l'observa, inquiète et désolée, et comprit enfin qu'une nouvelle et cruelle déception avait brisé quelque chose en lui. Rapprochant de menus faits, se rappelant de petits détails auxquels son esprit n'avait jusqu'alors attaché nulle importance, elle devina la vérité.

— Mon pauvre enfant ! se disait-elle, comme je le plains. Comme il paye cher les autres joies de sa vie ! Et pourtant cette jeune fille le connaît bien, mon François. Et quelle femme de cœur et d'intelligence ne l'aimerait ! Mon Dieu ! faites qu'il oublie, et réservez-lui quand même une part de ce bonheur intime et familial que je désire pour lui. Quand je ne serai plus là, qu'il trouve autour de lui ces saintes affections qui surpassent tous les autres biens terrestres. Mon Dieu ! rendez-lui ce qu'il a fait pour moi, la plus heureuse et la plus aimée des mères !

XXII

Sabine était très malade, elle allait mourir, et elle le savait. Lentement, mais sûrement, les forces de la vie l'abandonnaient.

Depuis un mois que les deux sœurs étaient rentrées rue de Provence, après tout l'hiver passé à Antibes, le mal avait fait d'effrayants progrès. Mais Sabine, avec un courage héroïque, dissimulait ses souffrances, affectait la gaieté, parlait de l'avenir avec assurance pour donner le change à sa sœur, pour ne pas affliger, désespérer sa chère Madeleine qui lui prodiguait des trésors d'affection, de sollicitude, et luttait pied à pied pour l'arracher à la mort.

Les premiers froids du dernier automne avaient provoqué chez la pauvre petite brodeuse une recrudescence du mal qui l'avait déjà éprouvée l'hiver précédent.

Aucun traitement n'amenait plus l'amélioration désirée. Une seule chance de salut restait : un séjour dans le Midi, au moins pendant la saison d'hiver. Et Madeleine n'avait pas hésité. Tout ce qu'elle possédait, son argent, ses forces, sa vie même, elle était prête à le sacrifier pour sauver Sabine.

Elles étaient parties toutes deux vers le pays du soleil, toutes deux remplies d'un espoir qui se fortifiait à mesure que se faisait sentir la douce influence de ce climat bienfaisant.

Madeleine avait loué deux pièces au premier étage d'une modeste villa située aux portes de la ville d'Antibes et regardant la mer. Tout le jour, Sabine respirait la brise marine chargée d'effluves vivifiants et réchauffait son corps frêle et amaigri aux rayons du soleil, sous ce beau ciel d'un bleu profond qui ressemblait si peu à celui qu'elles venaient de quitter.

Entre les heures qu'elle consacrait à sa malade pour la distraire et la soigner, Madeleine donnait quelques leçons de musique. Cela permettait à la sœur aînée de choyer davantage sa chère Sabine.

Le mois d'avril passé, cette dernière, plus forte, avait demandé, exigé même le retour à Paris. Et Madeleine avait cédé, tout en se promettant de revenir à Antibes l'hiver suivant pour achever une guérison en laquelle, maintenant, elle avait foi.

Hélas ! cet espoir s'évanouissait. Le mal qui minait l'enfant était sans remède.

Germaine avait vu avec joie le retour des deux jeunes filles ; et puis elle s'était de nouveau attristée, en lisant chaque jour sur le visage de Sabine les progrès de la maladie qui allait bientôt l'emporter.

La petite modiste était restée l'amie et devenue la confidente de la malade. Elle cherchait à l'illusionner sur son état, et, Sabine, en présence de Madeleine, paraissait convaincue.

— Quand vous irez mieux, nous ferons ceci. Quand vous serez guérie, nous irons là, disait Germaine.

Mais, seule avec la midinette, Sabine lui livrait le fond de sa pensée.

— Ma bonne petite Germaine, vos affirmations ne me trompent pas. Je ne guérirai jamais. Je meurs un peu chaque jour, je le sens bien, et tout sera bientôt fini. Mais je ne veux pas que Madeleine perde déjà toute espérance, et, devant elle, je me force à mentir. Pauvre sœur ! Ah ! voyez-vous, Germaine, je ne regretterai pas la vie. Je la croyais belle, si belle, il y a quelques années, et depuis, je n'ai vu autour de moi que des deuils et des tristesses. Aussi, mourir n'est rien. Mais quitter Madeleine, songer qu'elle restera seule, toute seule au monde, voilà le cruel déchirement, voilà le sacrifice !

— Vous vous trompez, vous n'allez pas mourir, Mademoiselle Sabine. Le bon Dieu finira par nous exaucer ; je le prie tous les jours pour vous. Il a fait des miracles plus difficiles.

— Oh ! rien n'est impossible à Dieu ; et si je guérissais, ce serait un miracle, vraiment. Je vous remercie de votre pieuse pensée, Germaine.

La midinette avait beaucoup de peine à retenir ses larmes. Elle aussi se demandait ce qu'elle deviendrait quand Sabine ne serait plus là. Déjà elle ne voyait plus que rarement Mme Landry qui demeurait si loin ; et Mlle Madeleine, à la mort de sa sœur, quitterait bien sûr la maison.

Madeleine, de son côté, portait vaillamment son fardeau d'angoisse et de désolation. La nécessité la contraignait de continuer au dehors un travail qui fournissait maintenant la plus grande part de leurs ressources.

Et si elle feignait de croire aux paroles réconfortantes de sa jeune sœur, elle ne se faisait plus aucune illusion à son sujet.

Sabine ne sortait plus. Les soirs où elle se trouvait mieux, elle aimait, s'endormant toujours tard, causer longuement avec sa sœur.

— Vois-tu, disait-elle un soir à Madeleine, j'aurais été tout à fait heureuse si tu t'étais mariée. Tu as eu tort vraiment de refuser M. de Neurtemart.

— Que vas-tu rechercher là ? Moi je trouve que j'ai eu raison. M. de Neurtemart ne me plaisait pas du tout, et je n'ai jamais eu le moindre regret.

— Il y a aussi une chose qui m'étonne, poursuivit Sabine, semblant autant se parler à elle-même que s'adresser à sa sœur. J'ai cru longtemps que M. Landry t'aimait, je croyais aussi que toi-même....

— Oh ! je t'en prie, Sabine, laisse ce sujet, interrompit Madeleine, qui se sentait pâlir et ne voulait pas laisser deviner le trouble que ces paroles jetaient en son âme. Tu sais bien, ajouta-t-elle en s'efforçant de sourire, combien je suis intransigeante et difficile lorsqu'il s'agit de mariage, ce qui est ridicule, j'en conviens, dans ma situation plus que modeste.

— Tu n'es ni romanesque ni ambitieuse, et c'est pour cela que je n'aurais pas été étonnée de te voir épouser notre ancien voisin, notre ami. Mais je crois qu'un jour ou l'autre il se déclarera. Germaine le croit aussi, elle si avisée et si fine. Ses travaux, son voyage en Angleterre, notre séjour à Antibes, toutes ces circonstances nous ont séparés. Nous le reverrons bientôt, j'espère. Mme Landry, dans la visite qu'elle m'a faite tantôt en ton absence, m'a promis de venir souvent me tenir compagnie comme par le passé. Et M. François viendra sans doute aussi de temps en temps, quoique je n'aie pas osé le lui demander, tu comprends ?

— Ma chère petite Sabine, comme ton imagination travaille, repartit Madeleine qui avait reconquis son calme. M. Landry ne songe pas à m'épouser, crois-le bien. Et moi, je ne songe pas davantage au mariage. C'est un parti pris, une idée arrêtée. Écoute-moi encore : N'aborde plus ce sujet avec Germaine, et surtout garde-toi devant elle de rapprocher mon nom de celui de M. Landry.

— Je ne t'ai pas fâchée, au moins, Madeleine ?

— Oh ! non, ma chérie, rassure-toi.

. . . .

Par un frais matin de printemps, Sabine, encouragée par le gai soleil qui illuminait sa chambre, s'était levée plus tôt que de coutume. Et dans la blancheur de son peignoir de flanelle, elle paraissait plus pâle encore, plus fluette, presque immatérielle.

En l'absence de Madeleine, Mme Vallette venait souvent s'informer si la malade avait besoin de soins ; puis, vers 11 heures, l'institutrice rentrait pour déjeuner ; et dès après le départ de Madeleine, Germaine arrivait à son tour et passait aussi un moment près de son amie.

— Ma bonne Germaine, que vous êtes fidèle et dévouée, répétait Sabine. Vos courts instants de repos ou de distraction, vous me les sacrifiez.

— J'ai le regret de ne pouvoir faire davantage. Les journées doivent vous paraître si longues !

— Je pense à tant de choses, quand je suis seule ! Le temps passe, et bientôt il n'existera plus pour moi. Vous savez bien, n'est-ce pas ? Vous le voyez que je n'ai plus beaucoup de jours, peut-être beaucoup d'heures à vivre ? Je veux, aujourd'hui, vous faire quelques recommandations. D'abord au sujet de ma chère Madeleine. Vous vous doutez de la douleur qu'elle éprouvera quand le cruel moment sera venu, et après, quand je ne serai plus là. Que fera-t-elle ? où ira-t-elle se fixer ? je n'en sais rien. Mais si vous pouvez quelque chose pour la consoler, je vous en prie, faites-le, ne l'abandonnez pas. Soyez aussi sa petite amie dévouée, aimez-la comme vous savez aimer, en souvenir de moi. Et puis, Germaine, acceptez ceci que je tiens à vous offrir : ces objets me sont chers, ils me rappellent le plus beau jour de ma vie.

Sabine mettait dans la main de Germaine ses deux seuls bijoux : sa petite montre en or, cadeau de sa mère, et sa médaille de première Communion.

— Oh ! Mademoiselle Sabine, pourrais-je vous oublier jamais !

— Je vous crois, ma chère amie. Oh ! je désire de tout mon cœur que cette montre marque pour vous beaucoup d'heures heureuses, et que, dans les moments d'épreuves inévitables, chacun ayant sa part de douleurs ici-bas, un regard sur cette médaille élève votre cœur vers Dieu et vous invite à puiser la force là où elle se trouve. Et puis enfin, Germaine, dans la joie et dans la peine, en regardant ces deux souvenirs, pensez à celle qui vous considère comme une amie, comme une sœur, et qui vous demande instamment de demeurer toujours bonne et pieuse, fidèle à tous vos devoirs. Promettez-moi cela, Germaine, promettez-moi au moins de faire tous vos efforts pour toujours suivre la voie dans laquelle vos amis, vos seuls vrais amis désirent vous voir marcher..... Mais ne pleurez donc pas, ma petite Germaine, soyez bien courageuse.

— C'est plus fort que moi, Mademoiselle Sabine. De vous entendre me dire ces choses, je ne peux pas m'empêcher de pleurer. Ah ! je vous promets tout, tout ce que vous me demandez. Je voudrais tant vous ressembler ! Je m'y appliquerai de toutes mes forces, et Mlle Madeleine, j'espère, m'encouragera encore et m'aidera.

Le lendemain, comme Madeleine allait partir, toujours avec le même regret, pour se rendre à ses occupations quotidiennes :

— Madeleine chérie, appela Sabine, ne me quitte pas aujourd'hui. Je ne me sens pas bien, et je veux te parler pendant que je le puis encore. Nous allons avoir besoin toutes deux de courage, d'énergie. Mes heures sont comptées.

— Oh ! Sabine, ne prononce pas ces paroles affreuses. Dieu peut tout, il te guérira. Si tu savais comme je le prie ! Sera-t-il donc impitoyable et sourd ?

— J'ai bien prié aussi, vois-tu, j'avais peur et je ne voulais pas mourir. Mais mon sacrifice est fait ; à toi de te soumettre, Madeleine. Prends courage, ne me plains pas trop, je ne souffre pas, et si je ne pensais avec déchirement à notre séparation, je serais heureuse. J'entends parfois à mon oreille comme un appel d'en haut. Alors je pense à ceux qui m'ont devancée dans l'autre vie, la meilleure : à nos parents bien-aimés, à notre chère Servane. Ah ! Madeleine, je vais les revoir, je vais les rejoindre. Quelle réunion bénie ! Et nous t'aimerons plus encore de là-haut, qu'ici-bas. Comme ton bonheur nous sera cher !

— Pourrai-je jamais être heureuse, Sabine ? Tout sera fini pour moi quand je t'aurai perdue. Aurai-je seulement le courage de vivre ! murmura Madeleine à travers ses larmes.

— Ne pleure pas, ma chérie, j'ai encore tant de choses à te dire. Depuis longtemps je me sentais condamnée et j'ai accepté mes souffrances, fait le sacrifice de ma vie. Mais, en retour, j'ai demandé pour toi à Dieu un peu de ce bonheur terrestre qui m'a été si parcimonieusement mesuré. Je sens que je serai exaucée. Madeleine, de longues années de bonheur brilleront pour toi après les jours de deuil. Le temps adoucira tes larmes. Tu ne m'oublieras pas, oh ! non, tu n'oublieras aucun de ceux que tu as aimés, et qui ne sont plus ; seulement le souvenir cessera d'être douloureux pour demeurer tendre et consolant.... Quelle vie de dévouement, d'abnégation a été la tienne ! tu m'as donné tout ce que tu possédais, ton travail, tes forces, ton cœur, tout enfin. Cela te sera rendu au centuple.

— Oh ! ma chère, ma bien-aimée Sabine. Je ne désire qu'un seul bonheur, te conserver.

— C'est impossible !.....

. . . .

Le prêtre venait de partir, et la petite mourante, immobile sur ses oreillers, semblait continuer les prières ou contempler quelque vision mystérieuse qui l'absorbait toute et la détachait déjà de la terre.

Sur ses traits amaigris, s'effaçaient peu à peu les empreintes de la souffrance de ces longs mois d'agonie lente ; le front pur s'auréolait d'une paix sereine, les lèvres se détendaient doucement. La mort approchait ; mais pour son âme de vierge chrétienne, ce n'était pas l'horrible spectre qui, d'une main brutale, plonge la créature dans l'anéantissement, l'absolue fin de tout, sans espoir et sans consolation pour ceux qui demeurent ; la mort, c'était l'appel de l'âme par son Créateur vers le bonheur idéal, vers la lumière et la paix infinies. Un reflet de cette lumière et de cette paix flottait sur le joli visage transfiguré, revêtu d'une expression surnaturelle.

Madeleine, agenouillée auprès du lit, laissait couler lentement ses larmes et priait, résignée, soutenue par une force surhumaine que semblait lui communiquer la dernière pression des petits doigts qu'elle emprisonnait dans ses mains.

Après quelques heures de demi-assoupissement, Sabine fit un mouvement, ouvrit les yeux, puis ses lèvres murmurèrent avec un accent de tendresse indicible :

— Adieu, Madeleine, ma sœur chérie !

Le dernier souffle s'exhala, à peine perceptible. L'âme pure de Sabine venait d'entrer dans l'éternité.

XXIII

Germaine revenait lentement de l'atelier où elle travaillait comme garnisseuse depuis bientôt six mois.

Elle était triste à pleurer.

Elle regardait pourtant, mais par habitude, avec sa curiosité professionnelle d'ouvrière de la mode, les toilettes et les étalages de ce quartier luxueux qu'elle traversait chaque jour du boulevard de la Madeleine à la Chaussée d'Antin.

Mais sa pensée ne se laissait pas distraire ; le chagrin la dominait.

— Comme tout a changé dans ma vie en peu de temps, se disait la jeune fille. Il y a deux ans à peine, quand je rentrais de l'atelier, c'était pour retrouver, toujours prêts à m'encourager, à me guider, à me prouver leur affection, mes meilleurs amis, Mlles de Précourt, Mme Landry, M. François. Maintenant, plus personne..... M. Landry, depuis son retour d'Angleterre, ne vit plus que pour son usine : Mme Landry, à Dommartin ou à Vaugirard, est trop loin de moi, je la vois à peine. Enfin, Mlle Madeleine, toujours à Etretat, chez Mme Aubin, ne m'a pas écrit depuis quatre grandes semaines. Qu'est-ce que cela signifie ? Je ne sais pas pourquoi, mais j'ai peur de ne la revoir jamais. Est-il possible que je perde encore ma dernière amie ?

Un gros soupir gonflait le cœur de Germaine.

Dans la clarté déclinante de ce beau jour de fin d'été, la modiste poursuivait machinalement son chemin, d'une allure lasse et découragée.

. . . .

Germaine regagnait la rue de Provence.

A son entrée dans la loge, une personne en deuil se leva, deux bras s'ouvrirent devant la jeune fille.

Sans parler, mêlant leurs larmes, Madeleine et la modiste s'étreignaient avec émotion.

Germaine se ressaisit la première.

— Mademoiselle Madeleine ! enfin, vous ! Oh ! je suis trop heureuse de vous revoir. Sans nouvelles, j'étais inquiète, je vous croyais malade, et je m'imaginais que vous ne reviendriez jamais plus ici, et j'en avais tant de peine, tant de tristesse !..... Mais vous voilà..... Je ne vous perdrai plus, j'espère.

— Je ne suis à Paris qu'en passant, ma pauvre Germaine, dit Madeleine d'un accent las et découragé. J'ai accepté avec reconnaissance, pendant ces derniers mois, l'aimable hospitalité de mon amie, Mme Aubin. J'avais si grand besoin de son affection et de son assistance après ma dernière épreuve ! J'étais désemparée, faible, incapable de travailler. Mais, maintenant que mes forces sont revenues, je dois agir. Sœur André, qui ne cesse de me donner des preuves de dévouement, s'est occupée de moi. Elle me procure une nouvelle situation d'institutrice. Je me présenterai après-demain à l'adresse qu'elle m'a communiquée. Si, comme je l'espère, je suis acceptée, je partirai pour Constantinople avec mes nouvelles élèves.

— Oh ! vous allez partir encore ! Et si loin de la France ! Cela ne vous effraye pas ?

— Que m'importe, hélas ! Voyez-vous, Germaine, à force de souffrir, on devient presque insensible. Je n'espère plus rien ici-bas ; ma vie est brisée, et je m'abandonne sans résistance aux événements.

— Oh ! que j'ai de peine aussi ! Voilà que je vous perds encore une fois. Mais pourquoi ne pas attendre encore au lieu de vous décider si vite ? vous trouveriez bien une autre place qui vous fixerait à Paris ?

— Ma pauvre Germaine, vous ne pouvez comprendre, vous ne pouvez savoir..... Paris me fait horreur ; j'y laisserai de trop cruels souvenirs pour le regretter.

— Oui, je sais, mais vous y comptez aussi de véritables amis à qui vous manquerez bien. Je vous aime, moi, et Mme Landry aussi, et M. Landry. Croyez-vous qu'ils vous verront partir sans regrets ? Déjà, je suis sûre que votre longue absence leur a paru pénible.

Madeleine devint très pâle et détourna la tête. Son trouble n'échappa point à Germaine.

— Ne les avez-vous pas vus depuis votre retour ? poursuivit la modiste.

— Non, Germaine, je ne suis, d'ailleurs, à Paris que depuis ce matin.

— Eh bien ! j'irai voir Mme Landry demain après-midi, puisque c'est dimanche, dit Germaine. Je vous annoncerai.

— N'en faites rien, Germaine, ne leur parlez pas de moi, je vous en prie. Je ne sais si je pourrai revoir Mme Landry avant mon départ.

Madeleine prononçait ces paroles d'une voix altérée dont s'étonnait sa petite amie.

— Il y a là un mystère qui m'échappe, se disait-elle. Pourquoi Mlle Madeleine ne veut-elle pas revoir la famille Landry ? Mme Landry a été bonne, toujours, pour Mlle Sabine, oui, jusqu'à la fin. Quant à M. François, rien ne m'ôtera de l'idée qu'il aimait Mlle Madeleine, qu'il l'aime encore, et qu'il souhaitait ardemment l'épouser. Seulement, Mlle Madeleine ne l'aime pas, peut-être ? Elle le lui a fait comprendre. Pourtant, je les ai vus amis, tous deux, s'entendant si bien, pensant de même façon presque sur tout. Et je suis certaine qu'aujourd'hui, ce soir même, au seul nom de M. Landry, Mlle Madeleine a été émue. Ah ! je m'y perds !

Quelques minutes après, Madeleine de Précourt prenait congé de Germaine, après lui avoir donné rendez-vous pour le lendemain.

— J'irai à une messe matinale à la chapelle des religieuses, et je ne sortirai pas du couvent ; je passerai la journée avec Sœur André. Venez à l'heure où vous serez libre, Germaine, vous serez reçue.

Germaine désirait vivement faire cette visite à son amie. Et Madeleine était heureuse de lui donner cette joie. Ensemble, elles allaient parler de Servane, de Sabine, les chères aimées dont le souvenir était resté si vivace au cœur de la modiste. Enfin, c'était pour Madeleine une douceur, un réconfort de retrouver cette jeune affection sincère et reconnaissante.

Toute la nuit Germaine remua mille pensées tristes. Elle avait de la peine pour elle-même, elle en avait pour ses amis qu'elle aurait voulu voir heureux et qui souffraient. Elle était désolée à l'idée que Madeleine allait s'éloigner pour longtemps, pour toujours peut-être, et malheureuse, découragée, sans espoir. L'attitude de Madeleine, rompant ouvertement avec M. Landry qui ne méritait pas cet affront, lui semblait étrange. Quant à M. François, il en souffrirait plus encore, c'était certain. Et peut-être n'y avait-il entre eux qu'un malentendu facile à dissiper.

Germaine voulait le savoir, et elle le saurait.

XXIV

Germaine, qui secondait sa mère dans les soins du ménage, ne se trouva libre le lendemain qu'à partir de midi. Vite, elle se hâta vers le couvent des religieuses de Saint-Vincent de Paul où elle arriva une demi-heure après.

Madeleine était dans un des parloirs, seule, en ce moment, et leur conversation commença par les confidences de Germaine qui soulagea son cœur en racontant par le menu ses tristesses de la veille. Puis ce fut le tour de Madeleine de dire en peu de mots ce qu'avait été son séjour auprès de l'excellente Mme Aubin.

Germaine ne perdait pas de vue l'objet principal de sa visite : savoir ce que pensait Madeleine au sujet de M. Landry et, une fois certaine de son fait, amener entre eux une explication décisive d'où ne pouvait jaillir que la lumière.

Bientôt la perspicace modiste, qui, en fait de diplomatie, aurait rendu des points à Machiavel, était fixée : Madeleine aimait M. Landry. Qu'y avait-il eu qui les empêchait de s'entendre ? Peu de chose sans doute, un rien, et cette séparation leur causait à chacun autant de regrets que de douleur.

— Il faut qu'ils se revoient, il faut qu'ils se parlent, se répétait la petite midinette, transportée du désir impétueux de voir heureux ceux auxquels elle était si fortement attachée, qu'elle n'eût reculé devant rien pour leur apporter la moindre joie. Oui, mais où ? Comment ? Amener ici M. Landry ? sous quel prétexte ? ce n'est guère facile. Emmener Mlle Madeleine chez Mme Landry ? Il n'y a que ce moyen. Car le temps presse ; demain, il sera trop tard. Une fois engagée dans une famille, Mlle de Précourt n'aura plus sa liberté.

Il s'agissait maintenant de convaincre Madeleine de la nécessité de faire une dernière visite à la mère de François.

Germaine trouva des arguments irrésistibles.

— Accompagnez-moi, je vous en prie, Mademoiselle ; nous ne ferons chez Mme Landry qu'une apparition, une visite de pure politesse. Elle est toujours chez elle et seule le dimanche après-midi, M. François ayant l'habitude de sortir avec son parent, M. Ringeval. Je vous assure que votre amie aurait un extrême chagrin de vous voir quitter Paris sans aller la voir. Rappelez-vous combien elle fut dévouée pour Mlle Sabine.

Madeleine, au fond, sentit que Germaine avait raison. Cette visite était pour elle un devoir strict. Mme Landry n'avait jamais manifesté à la jeune fille ni froideur ni dépit. Et, d'ailleurs, François avait peut-être gardé pour lui seul sa déception.

Vers le milieu de l'après-midi, Madeleine et Germaine arrivèrent rue de Vaugirard, à quelque distance du boulevard Pasteur. Le pavillon habité par Mme Landry et son fils était situé au milieu d'un petit jardin planté d'arbres, derrière un grand hôtel particulier. Germaine pressa le bouton de la sonnerie. Une petite bonne accourut.

— Mme Landry reçoit-elle ? demanda la modiste.

— Madame est sortie pour une course urgente, répondit la domestique, mais elle ne tardera pas à rentrer. Si Mademoiselle Germaine veut bien attendre quelques instants, je suis sûre que Madame sera très heureuse de la voir.

— C'est bien, nous attendrons.

La jeune bonne introduisit les visiteuses au salon. Madeleine, absorbée et passive, suivait Germaine.

En traversant le vestibule sur lequel s'ouvraient plusieurs portes, Germaine promena autour d'elle un regard inquisiteur. Dans un angle, un pardessus, plusieurs chapeaux étaient accrochés, la poignée d'une canne reluisait.

— Il est là, se dit-elle, un demi-sourire aux lèvres. Jusqu'à présent le hasard me sert bien. Encore un peu de chance, et nous enlevons la position. En avant !

Germaine était assise près de son amie depuis une minute à peine lorsqu'elle se tourna vers Madeleine.

— Etourdie que je suis ! J'ai une lettre que j'aurais dû jeter à la poste sur notre route ; je vais réparer mon oubli, excusez-moi un instant, Mademoiselle Madeleine, ce ne sera pas long.

Le départ de la petite rusée n'était qu'une feinte. Son plan était audacieux, mais elle avait tant envie de réussir ! Qui veut la fin veut les moyens.

Elle rejoignait la bonne à l'entrée de la cuisine.

— En attendant le retour de Mme Landry, vous pouvez avertir Monsieur de notre visite. Moi, je ne serai absente que quelques minutes.

Elle traversa le jardin d'un pas vif et léger, jouissant d'avance de son triomphe qui lui paraissait certain. Elle se trouva dans la rue où, d'ailleurs, elle n'avait pas l'intention de trop s'attarder.

Pendant ce temps, la bonne, docile à l'ordre reçu, se dirigeait vers le bureau de son maître et frappait.

— Qu'y a-t-il ? demanda le jeune homme occupé à écrire.

— Monsieur, Mlle Germaine est venue avec une dame. Elles attendent Madame au salon.

— Germaine, avec une dame ? répétait François étonné. Pourquoi me prévenir ? Cette dame n'a pas dit son nom ?

— Non, Monsieur.

— C'est bien, j'irai tout à l'heure, si ma mère n'est pas rentrée.

Il se remit à écrire, mais sa main distraite reposa le porte-plume au bout de quelques lignes.

Une pensée traversait tout à coup son esprit. Un nom lui venait aux lèvres.

— Non, ce n'est pas possible, murmura-t-il. Pourquoi viendrait-elle ? Sa volonté n'a pas changé, ne changera jamais ; elle s'appuie sur un orgueil irréductible. Non, non, je ne veux plus penser à elle, je ne veux pas la revoir.

Il fit quelques pas à travers la pièce, puis se rassit devant la lettre commencée peu d'instants auparavant.

Mais quelques secondes après, il quittait son bureau et se dirigeait vers le salon.

Après le départ de Germaine, Madeleine s'était assise sur l'un des sièges avancés par la servante, et dans l'immobilité et le silence, elle fermait à demi les yeux. Après l'énervement des heures précédentes, après les émotions de ce retour à Paris où tant de souvenirs douloureux l'avaient assaillie, une sorte d'engourdissement l'envahissait dans l'atmosphère de cette pièce où nulle rumeur ne parvenait, au milieu de ces vieux meubles de famille liés intimement à la vie de leurs hôtes et qui gardent de ceux-ci quelque chose de leur physionomie, comme un reflet de leur âme.

Sur la petite table placée tout près d'elle, l'ouvrage de Mme Landry était soigneusement replié, à côté d'un livre entr'ouvert. Dans un angle, le piano aux touches jaunies attendait les doigts de la musicienne, avec le cahier de musique disposé sur le pupitre. Entre les deux fenêtres, une console supportait un vase garni de fleurs fraîches, et, tout auprès les gants de François voisinaient avec un paroissien. Un journal scientifique voletait sur le tapis sous la poussée de la brise qui entrait par une fenêtre entrebâillée.

Et toutes ces choses exprimaient si intensément la vie des habitants de ce lieu, cette vie stable et douce dans la régularité des occupations et des habitudes familiales, que Madeleine en subissait l'influence apaisante.

Mais, par un retour sur elle-même, elle songea tout à coup à toutes les incertitudes de l'inconnu. Et son cœur défaillit.

Hélas ! ce qu'elle souffrait en ce moment, elle l'avait voulu. On lui avait offert une place à ce foyer, entre deux affections sincères et fortes. Une main loyale s'était tendue, qu'elle avait repoussée avec orgueil.

Pouvait-elle revenir en arrière? S'humilier, s'avouer vaincue? C'était s'exposer au mépris de celui qu'elle avait méconnu ; ne supposerait-il pas, en effet, qu'elle obéissait à quelque vil calcul d'intérêt, aujourd'hui qu'il était riche, presque célèbre ? Elle voulait bien tout souffrir, mais non l'outrage d'un tel soupçon.

Cette visite à sa vieille amie, dictée par un impérieux devoir de reconnaissance, lui coûtait assez. Mais nul ne pourrait se méprendre sur le mobile qui la faisait agir ; rien n'autoriserait Landry à croire qu'en revenant une fois, une dernière fois, dans sa maison à lui, elle avait caressé quelque secrète espérance. Sa visite à Mme Landry serait brève et le nom de son fils ne serait pas même prononcé, elle l'espérait.

D'ailleurs, dans quelques jours, des centaines de lieues la sépareraient de ses anciens amis ; ainsi, peu à peu, il y aurait entre elle et celui auquel pourtant sa pensée demeurerait désespérément attachée, le temps et la distance, deux abîmes.

La porte s'ouvrit, quelqu'un entra. C'était François.

Un court silence régna quelques secondes pendant lesquelles ils s'observèrent.

Madeleine, qui, sur la foi de Germaine, était loin de s'attendre à cette entrevue, appela à elle toute son énergie. Un peu de pâleur subite fut la seule marque de son émotion intérieure, et son attitude demeura ferme.

Aussi impassible, François s'avança et, à quelques pas de la jeune fille, il s'inclina cérémonieusement.

— Mademoiselle de Précourt ! dit-il. Je m'attendais peu à l'honneur de votre visite ?

— Avant de quitter Paris et la France pour longtemps sans doute, répondit Madeleine sans oser lever les yeux, je tenais à m'acquitter d'un devoir envers Mme Landry. Je veux lui exprimer une dernière fois que le souvenir de ses bontés envers mes sœurs et envers moi restera à jamais gravé dans ma mémoire.

François était resté debout, la main appuyée au dossier d'une chaise.

— Ma mère sera très sensible à votre démarche, Mademoiselle, reprit-il, toujours de son ton calme un peu hautain. Je déplore toutefois la longueur de votre attente qui vous fait perdre des instants dont vous comptiez peut-être disposer autrement.

— Mon temps m'appartient encore ; mais je crains plutôt d'être indiscrète, et si vous consentiez, Monsieur, à vous charger de mon message.....

— Volontiers. Mais, je comptais trouver ici Germaine. Qu'est-elle devenue ?

— Germaine, qui m'accompagnait, s'est souvenue tout à coup d'une course à faire dans le voisinage, une lettre à porter à la poste. Elle me rejoindra tout à l'heure. Elle devrait même être ici.

— La voilà, sans doute, je viens d'entendre résonner le timbre de l'entrée. Alors, puisque vous aurez votre petite amie pour vous tenir compagnie, vous voudrez bien me permettre de me retirer ; mon courrier me réclame. Agréez mes excuses, Mademoiselle, et recevez mes adieux.

Le ton était correct, la voix glaciale. Madeleine le regardait, cherchant encore sur ce visage de marbre une trace d'émotion. Cette indifférence presque hostile était-elle feinte ou réelle ? S'était-il détaché d'elle si complètement ? Non, il y avait eu au fond de ses yeux sombres une fugitive lueur, une expression de douleur et de regret. Mais ce n'avait été qu'un éclair.

Ah ! comme elle l'admirait, ce caractère si fortement trempé. Il s'inclinait froidement devant Madeleine, anéantie.

— Adieu, Monsieur, murmura-t-elle.

Pour articuler ces deux mots, elle avait dû faire un immense effort.

Elle comprit qu'il partait, au bruit des pas qui s'éloignaient, de la porte qui s'ouvrait et se refermait coup sur coup.

Ainsi tout était fini entre eux ! Comment n'avait-il pas vu enfin la détresse infinie de cette pauvre âme, le combat qui la meurtrissait.

Un mot de sympathie, un geste amical, et elle aurait oublié ses résolutions, foulé aux pieds son orgueil, elle aurait crié, suppliante :

— Ayez pitié de moi. L'exil que je m'impose, j'en mourrai peut-être. C'est ici que je voudrais vivre, François ! c'est sur votre cœur généreux que je voudrais reposer ma tête fatiguée. Ah ! rendez un peu d'affection, si peu que ce soit, à cette pauvre chose brisée, anéantie que je suis devenue !

XXV

Germaine, revenue en hâte, allait et venait dans le vestibule, très agitée, impatiente d'apprendre enfin la bonne nouvelle, car ses amis heureux, et heureux grâce à elle, n'allaient pas l'oublier. Avait-elle bien dressé son plan ! et comme les circonstances l'avaient favorisée ! Tout marchait à souhait, elle en était certaine.

Au bruit de la porte du salon, elle bondit et se trouva en face de François. Mais elle eut une exclamation de surprise atterrée. Le visage crispé et dur du jeune homme l'effrayait.

— Qu'y a-t-il ? Pourquoi êtes-vous fâché ? Est-ce un nouveau malheur ? Répondez-moi, je vous en prie. Mon Dieu ! qu'est-il arrivé ? Ecoutez donc..... Oh ! avez-vous entendu ?

L'oreille fine de Germaine avait perçu à travers la porte le bruit d'une plainte, d'un sourd gémissement.

D'un geste nerveux et vif, bousculant François abasourdi, Germaine poussait le battant, cherchait des yeux Madeleine.

Celle-ci, penchée sur la petite table placée près d'elle, la tête enfouie dans ses deux bras repliés, sanglotait éperdument.

Germaine était déjà près d'elle, tendre, caressante, essayant de consoler, de calmer son amie. Landry s'était précipité à son tour.

— Madeleine ! chère Madeleine !

Tout son amour vibrait dans son accent.

Mais la pauvre affligée ne l'avait pas entendu.

Elle appuyait son front endolori sur les mains de la petite modiste.

— Oh ! Germaine, disait-elle, pourquoi vous ai-je écoutée ? Pourquoi suis-je venue ? Je l'ai vu ; il n'a plus que du mépris pour moi ! Partons, Germaine, emmenez-moi d'ici.

Elle était debout, mais déjà deux bras robustes l'entouraient. François, écartant doucement Germaine, attirait Madeleine sur sa poitrine.

— Restez, Madeleine, et ne doutez plus de moi. Je vous aime, mon cœur n'a pas changé.

Rêvait-elle ! Etait-ce bien François ? Entendait-elle sa voix, la voix chère entre toutes ?

— Qu'il ne soit plus question d'exil, ma bien-aimée Madeleine. Ne pleurez plus, vos larmes me font mal. Je veux que vous soyez heureuse. Toute ma vie, pour cela.

Madeleine, éperdue, s'abandonnait à la douce étreinte ; elle pleurait encore, mais ses larmes perdaient toute amertume, pendant que cette main amie pressait la sienne, que ce cœur fidèle battait près du sien. Et les paroles d'amour et d'espoir vibraient jusqu'au plus intime de son être.

— Oh ! François, dit-elle toute tremblante au seul souvenir des minutes douloureuses, j'ai tant souffert quand j'ai cru que ma présence même vous était odieuse !

— Ma pauvre enfant, la pensée de vous perdre à jamais me rendait fou. Et j'avais comme vous le triste courage de résister à mon cœur. Comédie pour comédie ! Nous nous trompions l'un l'autre. Insensés que nous étions tous deux !

— Oh ! vous, vous aviez le droit de vous venger, de me punir, François. N'avais-je pas repoussé l'affection loyale que vous m'offriez et que je partageais moi-même ? Et pourquoi ? Pour obéir à je ne sais quelle loi d'orgueil qui place souvent un vain titre au-dessus du mérite et de la vertu. J'ai été coupable envers vous, si bon, si généreux !

— Ne ressuscitons pas les tristesses du passé, Madeleine. Je sais, je sens que votre cœur m'appartient, et c'est mon suprême bonheur.

— Oui, mon cœur est à vous, comme ma vie tout entière !

François, délicieusement ému, posa ses lèvres sur le front pur qui chastement s'offrait à lui.

Les yeux de Madeleine rayonnaient de tendresse, son regard et sa voix exprimaient si bien le don complet de sa volonté, de son âme ! Et son infinie joie aussi ! C'était si bon de ne plus lutter, de se sentir aimée d'un tel amour, après avoir connu les heures accablantes de l'isolement et l'horrible angoisse de l'avenir sombre.

Ils demeurèrent un moment sans paroles, savourant cette minute exquise où, rendus l'un à l'autre, rien ne divisait plus leurs âmes. La douleur encore proche donnait plus de prix à la félicité présente. Goûteraient-ils jamais une ivresse plus délicieuse, une paix plus profonde, un espoir plus radieux ?

Madeleine rompit ce silence.

— François, c'est à Germaine que nous devons notre réunion. Où est-elle donc, notre dévouée petite amie ?

Germaine, discrète, s'était éclipsée depuis longtemps. Elle errait dans le jardin et regardait sans les voir les corbeilles parées des premières fleurs de l'automne. Selon son habitude, elle monologuait.

— Puissent-ils s'entendre, cette fois ! Ce ne sera pas malheureux. Dire qu'il s'en est fallu de peu que tout soit perdu ; quand j'avais si bien préparé cette entrevue, quand les circonstances me servaient à merveille ! Enfin le bon Dieu a permis que je rentre en scène juste à temps pour sauver la situation. Ce qui n'était pas chose facile, avec des caractères de leur trempe, aussi orgueilleux l'un que l'autre. Et cela saute aux yeux qu'ils s'aiment. Pourvu qu'il n'y ait pas encore un accroc de la dernière heure !

— Germaine ! Germaine !

Deux appels résonnèrent aux oreilles de la modiste. Elle regarda dans la direction du salon.

Dans le cadre de la fenêtre grande ouverte, François et Madeleine, debout à côté l'un de l'autre, lui souriaient. Pour répondre à l'appel qu'on lui adressait, Germaine, transportée de plaisir, choisit le plus court chemin. Avec une agilité de jeune chat, en deux bonds, elle atteignit l'appui de la fenêtre et sauta, légère, dans la pièce.

— Je commence à croire que tu es un peu sorcière, lui dit François qui avait son visage des meilleurs jours.

— Parce que j'ai deviné votre secret à tous les deux ? C'était facile. Et puisque vous ne parveniez pas à vous accorder tout seuls, il fallait bien que cette écervelée de Germaine se mît martel en tête pour trouver le moyen de vous rendre heureux malgré vous. Je vois dans vos yeux que vous ne m'en voulez pas trop.

— Chère petite, qui lisez si bien dans le cœur de ceux que vous aimez, nous n'oublierons jamais que vous avez travaillé à notre bonheur, n'est-ce pas, François ?

— Sans vous, Germaine, Madeleine serait partie comme elle l'avait résolu. Et ma vie aurait été si triste ! affreusement triste !

— C'est Dieu qui m'a inspirée, cette fois, dit gravement Germaine. Et puis, ajouta-t-elle, émue à ce souvenir, j'avais promis à Mlle Sabine de faire tout ce que je pourrais pour vous, Mademoiselle Madeleine.

La pensée deMadeleine s'absorbait maintenant dans le passé que venait d'évoquer le nom de sa jeune sœur. Que n'étaient-elles là, les deux chères absentes dont les âmes pourtant semblaient flotter protectrices autour de sa vie. François suivait ces impressions sur le visage pensif de sa fiancée.

— Elles revivront dans les enfants que Dieu nous donnera, dit-il au bout d'un moment, celles que nous aimons encore par delà la tombe. Nous formerons l'âme de nos chers petits à leur image, Madeleine, et vous serez une heureuse mère.

— Comme je suis contente que vous nous restiez, Mademoiselle Madeleine ! s'écria impétueusement Germaine, qui ne demeurait jamais longtemps les lèvres closes. Car j'ai travaillé du même coup pour moi. Dites, vous ne regretterez pas trop les Turcs à qui vous faussez compagnie ?

— Si Madeleine les regrette le moins du monde, je suis prêt à aller planter notre tente à Constantinople, dit François.

— Ça, ce serait trop méchant, riposta Germaine, car ce serait une punition pour moi, et je n'en mérite pas. Mais, j'y pense, vous seriez obligés de m'emmener. Qui est-ce qui vous ferait des chapeaux chic, belle Madame, quand vous habiteriez chez ces barbares à turbans, qui voilent d'un lambeau d'étoffe le visage de leurs femmes ! les monstres !

Pendant ce bavardage, le trio n'avait pas entendu s'ouvrir la porte du salon. Mme Landry entrait, intriguée au sujet de cette visiteuse amenée par Germaine, et qui, en compagnie de son fils, attendait son retour.

— Mademoiselle Madeleine ! s'exclama-t-elle en reconnaissant la jeune fille qui s'avançait pour la saluer.

— Maman, dit François d'une voix joyeuse, je vais t'apprendre une inattendue, une merveilleuse nouvelle.

Mme Landry redressa la tête avec vivacité, souriante, car

elle devinait ce qu'on allait lui annoncer, et la joie de son enfant trouvait déjà un écho dans son cœur de mère.

— Je viens d'avoir avec Mlle de Précourt un entretien décisif. Je lui ai demandé sa main, elle me l'a accordée. Je sollicite maintenant ton consentement. Tu connais celle qui va devenir ta fille et tu ne refuseras pas de me rendre heureux, dis, ma chère maman ?

— Mes enfants ! mes chers enfants ! mon vœu le plus cher se réalise enfin !

La veuve ouvrait les bras pour unir les fiancés dans son étreinte maternelle.

— Je serai pour vous la plus dévouée, la plus aimante des filles, dit Madeleine. Des liens d'affection et de reconnaissance m'unissent déjà à vous.

L'après-midi passa, rapide. Germaine prit congé, mais elle avait reçu de Mme Landry et des fiancés une invitation dont elle n'était pas peu fière : une invitation à dîner pour le soir même.

La vue du bonheur de ses amis, son triomphe, en somme, la plongeait dans une joie délirante. Pour un peu, elle aurait crié la nouvelle aux passants. Dans le tramway, il lui prenait de folles envies de sauter, de rire ; et, du boulevard Haussmann, où elle descendit, jusqu'à la rue de Provence, elle faillit se faire écraser vingt fois.

Elle revint cependant sans accident pour l'heure du dîner. Et cette soirée, longtemps encore, fut considérée par elle comme l'événement le plus mémorable de sa vie.

XXVI

Plus d'une année s'était écoulée depuis le mariage de François et de Madeleine.

Le jeune ménage, avec Mme Landry rajeunie par le bonheur, habitait à Neuilly une confortable demeure.

Par un après-midi d'avril, tout ensoleillée, Madeleine et sa belle-mère travaillaient toutes deux dans la chambre de cette dernière, et s'entretenaient à demi-voix.

A chaque instant, leurs regards se portaient vers un angle de la pièce où sur un pouf était posé un moïse garni de mousseline et de rubans roses.

— Comme elle dort bien ! disait Mme Landry tout heureuse.

— Pourvu qu'elle soit aussi sage demain, en mon absence, reprit Madeleine. François tient beaucoup à ce que je l'accompagne à l'inauguration du Salon de l'aéronautique ; je voudrais lui faire ce plaisir, mais je pense à notre chérie qui me réclamera peut-être.

— François a déclaré que vous ne tarderez pas plus de trois heures; ainsi, il ne faut pas vous inquiéter, Madeleine. D'abord, vous savez bien que la petite est toujours sage avec moi.

— C'est vrai, maman. Je crois bien qu'elle vous préfère à moi-même ; et je n'en suis pas jalouse ; vous l'aimez tant aussi!

A ce moment une bonne vint annoncer une visite. M. et Mme Ringeval étaient au salon.

— C'est bien, je descends, dit Mme Landry.

— Mère, dit Madeleine, je vous rejoindrai dès que Servane sera réveillée. Je reverrai Mme Ringeval avec le plus grand plaisir, c'est une jeune femme charmante.

A petits pas, pour ne pas troubler le sommeil du bébé, Mme Landry quitta la chambre.

Et Madeleine, restée seule, se rapprocha du berceau où sommeillait sa fille.

Quelle place elle tenait dans leur cœur, dans leur vie, cette petite créature qui rappelait à la jeune femme une sœur aînée, si tendrement aimée, toujours regrettée. Comme elle aurait été heureuse, la chère Servane, du bonheur de Madeleine, heureuse de connaître et d'aimer ce chérubin qui portait son nom !

Mais Madeleine, malgré la mélancolie que faisait renaître en son âme le souvenir d'un passé rempli de deuils, trouvait sa part ici-bas bien large, bien belle, entre ces affections si fortes, si vives, au milieu de devoirs bien doux, de jouissances de toutes sortes. A côté des joies familiales, la richesse acquise par le travail et l'intelligence de son mari, la richesse dont tous deux profitaient avec une sage modération, et dont ils faisaient dans la plus large mesure un noble usage, selon l'inspiration de leurs âmes généreuses.

Madeleine pensait à toutes ces choses en caressant du regard le visage de son enfant endormie. Mais le bébé, après quelques mouvements, ouvrit les yeux.

La jeune mère le prit dans ses bras, le pressa contre son sein avec toute sa tendresse.

— Ma fille ! ma chérie !

De petits cris impérieux, une agitation de ses membres potelés, annonçaient que l'enfant réclamait sa nourriture. Madeleine calma tout de suite l'impatience de la mignonne, qui, bientôt restaurée, se mit à rire et à gazouiller.

Madeleine descendit alors au salon.

Ringeval, marié depuis quelque temps, s'était vraiment transformé. Par un travail assidu, par une bonne conduite, il s'était fait une situation aisée, et l'union qu'il avait contractée l'ancrait définitivement dans la vie sérieuse. La jeune Mme Ringeval et Madeleine sympathisaient entièrement.

Les visiteurs s'extasièrent sur la bonne mine et la gentillesse de la petite Servane.

— Si nous faisions un tour de jardin ? proposa Mme Landry ; il fait très beau. Nous offrirons à Suzanne un bouquet de lilas. Donnez-moi ma petite-fille, Madeleine, et faites les honneurs de notre parc.

— Un parc lillipùtien, auquel nous devons cependant beaucoup d'agrément.

—Les hautes cimes des arbres de l'avenue donnent l'illusion qu'il s'étend bien au delà des murs de clôture.

Le groupe marchait d'allée en allée ; au bout d'un moment, Mme Landry, mère, s'assit sur un banc. Mme Ringeval, qu'un espoir de maternité épanouissait, prit place près d'elle pour jouer avec le bébé.

Ringeval et Madeleine continuaient leur promenade ; ils causaient de mille choses, effleuraient les sujets les plus variés. Mais bientôt la conversation prit un tour intime. Ringeval se félicitait du bonheur qu'il avait enfin trouvé dans une existence calme, remplie de devoirs et d'occupations, et si différente de sa jeunesse aventureuse. Ce bonheur, il le devait à François.

Simplement, avec une sincérité humble et touchante, il narra à Madeleine ce que Landry avait fait pour lui à tant de reprises ; mais surtout, il n'oublia rien des détails de cette nuit tragique, où, se sacrifiant, sacrifiant des rêves d'avenir qui lui tenaient si fort au cœur, François l'avait sauvé de la mort et de la honte.

Madeleine, sans surprise (elle connaissait si bien la générosité, la grandeur d'âme de son mari !) écoutait ce récit avec une douce émotion.

. . . .

Les visiteurs étaient partis. Madeleine et sa belle-mère étaient revenues dans la chambre. La grand'maman tenait encore dans ses bras le bébé qui ne voulait pas dormir. En bas, dans la cour, une auto s'arrêtait : c'était François qui rentrait de l'usine. Quelques minutes après, il rejoignait les deux femmes.

— Bonjour toutes ! fit-il joyeusement. Je craignais de ne pas vous trouver ici. Le beau temps invite à la promenade.

— Nous avons fait un petit tour après le déjeuner, mais nous sommes rentrées de bonne heure. Et nous avons reçu une visite: Suzanne et son mari.

François s'installait près de la fenêtre ouverte pour prendre connaissance de quelques lettres arrivées en son absence.

Mme Landry, portant l'enfant très éveillée, allait et venait d'un bout à l'autre de la chambre ; elle fredonnait à demi-voix un de ces vieux refrains naïfs avec lesquels on berce les petits, et la mignonne, qui goûtait fort le mouvement et la mélodie, agitait ses petits membres en riant.

Madeleine, debout à la fenêtre près de son mari, regardait au loin. Par delà le jardin, les arbres de l'avenue alignaient leurs masses de verdure fraîche où pointaient déjà les premières grappes des acacias et des marronniers. La circulation peu active dans ce quartier ne troublait guère le silence de la maison ; au loin seulement, on percevait, en prêtant l'oreille, un roulement sourd et continu semblable au flot qui monte sur la grève : la rumeur de Paris.

Madeleine ne voyait, n'entendait rien de toutes ces choses ; elle repassait en esprit les confidences de Ringeval, et, se reportant à ces événements, vieux de plusieurs années, elle y mêlait aussi ses souvenirs personnels, souvenirs amers, qu'elle eût voulu pouvoir effacer. Ainsi, c'était François, c'était ce cœur si grand, si noble, qu'elle avait fait souffrir en l'humiliant, en le déclarant indigne d'elle. Comme il avait dû être malheureux, découragé! Et que de bonheur perdu pour lui, pour elle aussi! Madeleine en éprouvait à cette heure le remords, le regret le plus poignant qu'elle eût encore éprouvé ; et le désir de racheter cette coupable erreur par un redoublement de tendresse et de dévouement.

Mme Landry passait pour la dixième fois peut-être, avec l'enfant, auprès de la jeune femme, sans que celle-ci eût paru s'en apercevoir.

— Bébé vous fait risette, regardez donc ; à quoi pensez-vous, ma chère fille ?

Madeleine posa la main sur la tête de son mari.

— A lui, mère.

— J'aurais dû m'en douter.

La grand'mère, avec un sourire, reprenait sa promenade et sa chanson.

— Hein ? quoi ? qu'est-ce qu'il y a ? demanda François, qui se redressa et regarda sa femme.

Madeleine se pencha.

— Il y a..... que je t'aime, dit-elle tout bas.

— Ce n'est pas nouveau. Je sais bien ça.

Mais ses yeux disaient : « Je suis tout de même content de te l'entendre dire. »

— Ce que tu ignores, continua Madeleine, c'est que Ringeval m'a dit, m'a raconté ce que tu as fait pour lui, tout.

— L'animal ! c'était bien la peine.

— Et j'en ai éprouvé une grande joie ! Je suis fière de toi. Mais j'ai un remords aussi : nous deux, lui et moi, nous t'avons causé tant de chagrin !

— C'est de l'histoire ancienne, tout ça. Laisse donc dormir ces vieux souvenirs.

On frappait à la porte.

— Décidément, dit Landry, je n'en finirai pas avec ce courrier. Je vais être obligé de fuir.

Une femme de chambre passait sa tête par la porte entrebâillée :

— Mme Germaine est en bas ; elle apporte le chapeau de Madame.

— Faites-la monter ici, dit Madeleine. Il y a plusieurs semaines qu'elle n'est venue. Elle sera contente de voir Bébé qui a changé depuis ce temps.

Germaine entrait, la figure égayée d'un sourire, vive et souple d'allure comme toujours.

Elle salua à la ronde, mais s'arrêta devant Mme Landry et la petite Servane qu'elle ne se lassait pas d'admirer.

— Voulez-vous me la donner un peu ? demanda-t-elle.

Elle tendait les bras, tout heureuse de prendre le joli bébé, de le contempler à son aise.

— Est-elle fraîche! est-elle forte déjà, cette petite chérie!

Et avec un malicieux coup d'œil vers Landry :

— Dites, Monsieur Landry, c'est encore le plus merveilleux, le plus précieux de tous, ce petit moteur-là.

— Mais le plus capricieux aussi, ripostait l'industriel en riant. Crois-tu, Germaine, qu'elle a déjà une volonté de fer, cette demoiselle. Elle ne veut pas dormir, ce soir.

— Chère petite Servane ! murmura la modiste en baisant les mains mignonnes. Je voudrais voir encore une petite Sabine et puis un petit François.

— Peste, comme tu y vas. Fais-moi donc grand-père pendant que tu y es.

— Je n'ai pas perdu l'habitude, voyez-vous, de dire tout ce que je pense. Je suis sûre d'avance que vos enfants vous ressembleront. Alors, comme il n'y en aura jamais assez sur la terre, de braves gens comme vous, bons et parfaits, je vous désire une nombreuse famille.

— *Amen*, dit Landry. Ça finira comme un conte de fées ; on voit bien que tu as toujours de l'imagination.

Il en faut aussi dans mon métier.

— Mais nous oublions mon chapeau, s'écriait Madeleine.

Cette fois, la modiste remettait l'enfant à sa grand'mère, et, toute à ses devoirs professionnels, se précipitait vers le carton d'où elle retirait un chapeau, qui faisait pousser des exclamations à Mme Landry et à sa belle-fille.

— Beau ! très beau ! un chef-d'œuvre de goût, Germaine.

— J'étais sûre que vous alliez être contente, Madame Madeleine. Quand je travaille pour vous, je me sens inspirée, je me surpasse, littéralement.

— C'est presque trop beau, dit la jeune femme qui déjà essayait son chapeau devant l'armoire à glace.

— Monsieur Landry, regardez, donnez aussi votre avis.

— Oh ! moi, je m'en rapporte absolument à vous toutes, je suis un profane en cette matière.

— Allons, vous êtes bien content, je vois ça, et vous trouvez comme nous que Mme Madeleine est coiffée à ravir. Maintenant, je me sauve.

— Dis-nous encore, Germaine : le ménage, le commerce, ça marche ?

— Très bien sur toute la ligne ; j'ai beaucoup de nouvelles clientes depuis le commencement de la saison. Et, dans cette loterie du mariage, comme dit maman, j'ai eu le bon billet, on ne peut pas dire le contraire. Et j'en remercie Dieu tous les jours de ma vie, je vous assure. Louis est toujours le même brave garçon que vous connaissez, travailleur et rangé, qui me seconde encore au magasin en dehors de son travail à l'usine. Jamais au café : la famille, voilà où il trouve son repos et ses distractions.

— Tout le monde est en bonne santé, rue de Provence ?

— Tous vont bien, je vous remercie. Le père est si heureux de la soirée du dimanche que nous la passons toujours avec lui à faire des parties de cartes. C'est sa passion, vous savez, quoique l'enjeu soit bien modeste. Seulement, c'est lui qui gagne tout le temps. Nous avons beau faire, Louis et moi ; et même parfois je triche un peu, nous perdons toujours.

— Parbleu ! dit Landry, le proverbe ne peut mentir. La chance au jeu n'est pas pour vous ; vous êtes bien trop heureux en ménage.

FIN

3261-18. — Imprimerie P. FERON-VRAU, 3 et 5 rue Bayard, Paris, VIIIe.

Imp. Paul Feron-Vrau
3 et 5, rue Bayard
PARIS

www.ingramcontent.com/pod-product-compliance
Ingram Content Group UK Ltd.
Pitfield, Milton Keynes, MK11 3LW, UK
UKHW022032170726
13837UKWH00002B/550